蜜の鎖

水 無 月 詩 歌

幻冬舎アウトロー文庫

蜜の鎖

目次

序章　繋がれた女

支柱に女神の彫刻が施されたベッドの脇で、端整な顔だちの男が、女の白いワンピースを鋭利なナイフで切り裂いていた。

華々しい模様が織り込まれた絨毯《じゅうたん》の上に服と下着の残骸が山を作ると、女は咄嗟《とっさ》に手で胸と中心部を隠そうとする。しかし男の手が女の手首を摑《つか》み、それを阻止した。

「隠してはいけない」

男が低い声でそう告げると、女は震えながら両腕を下ろす。

磁器のように白い肌、細い身体《からだ》には不釣り合いなほど豊かで形のよい胸、まだ開花しきっていない乳輪、そこから下半身へと伸びてゆくなだらかな曲線……そして中心部に存在する逆三角形の薄黒い茂みが、惜しげもなく男の前に晒《さら》された。

「それでいい」

　男は唇を歪《ゆが》めて笑いながら、上から下まで舐《な》めるように女を眺め回す。遠慮のない男の視線を浴び、女は肌に痛みを感じた。

「そんなに……見つめないでください」

　耳を澄まさないと聞き取れないほどの小さな声で女が呟《つぶや》く。黒目がちの大きな瞳には、裸体を見られる恐れと恥ずかしさが混在していた。

「私に見られるのは嫌だというのか？」

「…………」

　男の質問に女は答えられない。『嫌』と言える立場ではないということを、女は悲しいまでに自覚している。

「どうなんだ？」

　女の心境を充分に知った上で、男が迫った。女は弱々しくかぶりを振る。流れるような黒髪が、艶《つや》やかな光を放ちながら揺れた。

「いいえ……嫌では……ありません」

「嬉しいのだろう？」

「え……」

「嬉しくないと？」

「……嬉しい……です」

「だったら、もっと見て欲しいと正直に言えばいい」

「もっと……で……す……」

「はっきりと言いたまえ」

「私の裸……を……見てくださ……い……」

女は唇を噛《か》みしめ、涙を堪《こら》える。

……私は、本家であるこの家に一週間後嫁ぐ。だからこの男に従わなくてはならない。今にも不渡りを出しそうになっている、両親の会社のために……。

女は心の中で自分に言い聞かせる。しかし裸体を凝視される苦痛は、理屈だけでは消えなかった。

「賢い女性だ」

男が目を細めた。女の両親の会社が傾いた原因は、男の根回しによるもの。そうとも知らず懸命に身体を差し出そうとする女の姿は滑稽であり、また黒い欲望を満たす最高の情景だった。

「そうだ、君へプレゼントを用意していた事を忘れていたよ。受け取ってくれるだろうね？」

男は持っていたナイフをベッドの上に投げ捨てると、女の後ろへと回り込む。女は身を固くした。

「そんなに怯《おび》えることはない。きっと気に入る」

男は女の髪を上げると、手を首に回した。

ひんやりとした感触が首回りに走る。ネックレスだろうか。しかし触れてみると、それは固く、重い。とてもアクセサリーの手触りとは思えなかった。

「これは……」

「想像していた通り、君の細く白い首には、黒い革の首輪がよく似合う」

「首輪……」

「仕上げの飾りをつけてあげよう」

男は手に持っていた鎖を、女の首輪に取り付ける。鎖の先は、ベッドの柱に固定されていた。

「これで君は何処《どこ》にも逃げられない。私の前から、永遠に」

男は女を抱き寄せると、愛らしくプックリと膨らんだ唇を奪う。そうしながら、手は女の腰のラインを辿《たど》り、きわどい部分を撫《な》でた。

「んんっ」

男のザラザラした舌が、女の歯や舌を舐め回す。唾液を吸われ、そして男のぬるりとした唾液が注ぎ込まれると、女は顔を赤くしながら、それを嚥下《えんげ》するしかなかった。

「ゴホッ、ゴホッ……」

男がようやく唇を離すと、女は胸を押さえてその場にうずくまり咳《せ》き込む。唇の両端から、混ざり合った二人の唾液が、ナメクジの這《は》った跡のような筋を作っていた。

「甘くて美味《おい》しかったよ、君の唇と唾液は」

手の甲で口を拭《ぬぐ》いながら、男は女を見下ろした。男のズボンの中に潜んでいる剛棒が、痛いほどに張り詰めている。数えきれないほどの女を調教し、堕《お》としてきた男だったが、この程度のキスでこんなに興奮したのは初めてだった。

「さあ、立つんだ」

男は女の腕を掴むと無理に立たせ、ベッドの縁に座らせる。そして女の両足首に長い鎖のついたベルトを巻き付けた。

「……なにをするのですか？」

「すぐに判る」

男はそう答えると、二本の鎖を引っ張る。

「あっ……」

両足が鎖に引かれ左右に広がり始め、女は言葉を失う。女の足首に繋《つな》げられた長い鎖は、ベッドのサイドにある柱を回って男の手に握られていた。

「あ……ああっ」

女は脚に力を入れて、大事な部分の開帳を避けようとする。男は女の微々たる抵抗を見て、笑った。

「無駄だ」

男は更に鎖を強く引いた。女はバランスを崩し、ベッドに向かって仰向《あおむ》けに倒れる。女の身体は柔らかく、両足がほぼ一八〇度にまでピンと広がった。

「恥ずかしい……です……」

冷たい外気を敏感な部分に感じ、女は顔を両手で隠す。黒い草原に隠れていた女の丘が二つに割れ、赤い肉色の谷間が顔を覗《のぞ》かせていた。男は鎖を金具で固定すると、女の中心部に顔を埋めて思う存分匂いを嗅《か》ぐ。

「汗で蒸れたメスの匂いがする」

「ひっ、やっ……」

反射的に、女は両手で男の頭を押し退《の》けた。思わぬ反撃に、男はのけ反る。

「……私に逆らうのか？」

不機嫌に顔を曇らせた男の顔が、股の間から女を睨《にら》む。一瞬で背筋が凍るほど、鋭い視線。女はすくみ上がった。

「申し訳……ございません……」

女は脚を広げた恰好のまま、男に謝る。しかし男は簡単には女を許すつもりはなかった。足を固定したものと同じ鎖付きベルトを取り出した男は女の手首にそれを巻きつけ、ベッドの柱に鎖を固定させる。女は両手も広げさせられ、ベッドの上で磔《はりつけ》の状態となった。

「罰を与える」

男はベッドの下から洗面器と、薬液が満たされた針のない大きな注射器を取り出す。そして注射器の先端で、赤い亀裂の下に位置する皺《しわ》の寄った小さな窄《すぼ》みを突っついた。

「あっ、うっ」

思いがけない部分に触れられ、女の腰が動く。

「この注射器はガラスでできているからな。下手に暴れると先端が折れて、お前のココを切り裂く」

男は冷酷に告げた。尖《とが》ったガラスが自分の内側を切り裂く画《え》を思い浮かべた女は、身体を強張《こわば》らせる。男はすかさず注射器の先を、肛門に埋め込んだ。

「痛いっ、あううっ」

鋭利な痛みが下半身に走ったが、女はガラスの恐怖に動くことができなかった。震えながら耐える女を見て、男は目を細めて笑う。その顔は、狡猾《こうかつ》な狐のようだった。

「罰だから痛いのは当然だ。もっとも、今から更に痛くなるだろうが」

男が注射器のピストン部分を押し、シリンダー内の液体を女の腸へと注ぎ込みはじめた。

女は目をギュッと閉じ、息を止める。妙に生暖かい液体が体内に侵入してくる感触は、クラクラするほど不快だった。

薬液三百ccをすべて注入し終えると、男は女から注射器を抜き、代わりに一本の指で後孔を塞《ふさ》ぐ。そして中をかき回すように、グニグニと腸壁を擦《こす》りはじめた。

「ひゃっ、や、あううっ」

両手両足を固定された女は、ぽっこりと膨れた腹や腰だけを妖《あや》しくうねらせて男の魔指から逃げようとする。排泄する器官を弄《いじ》られ、耐え難い汚辱感が女の胸を抉《えぐ》った。

「い……痛い……痛いです……痛いっ」

女の額に、脂汗が浮かび始める。男が言った通り、お腹《なか》が引きちぎられそうなほど痛い。

しかし時間が経《た》つと、痛みは焦燥感を伴いはじめた。

「あ、あ、く、鎖……鎖を解《ほど》いてください……」

「何故《なぜ》だ？」

「ああ、そんな事……」

「言わなければ判らない」

「お願いです、お願いしますっ、ううっ」

「だから、何故鎖を外したがる？」

「それは……」

こんな時ですら下品な言葉を口にできない女の上品さを、男は嗤《わら》う。しかしこのまま女が我慢し続けることは不可能だろう。何故なら注入した薬液は、強力な浣腸液なのだから。

「あぐっ……ううっ」

鎖をジャラジャラと鳴らして、女は総身を揺する。逼迫《ひっぱく》する腸の痛みに身体は勝手に震えだし、止まらなかった。

横になっても形の崩れない豊乳が、プリンのようにタプタプと震えている。男は指を動かしながら、追い詰められてゆく女をゆったりと観賞した。汗の浮かんだ額《ひたい》や頬《ほお》に髪がはりつき、女はムッとするほどの淫臭を漂わせている。

(嫌……嫌っ、出てしまうっ)

女は絶対に粗相をしないようにと括約筋にありったけの力を込めた。しかし男が戯《たわむ》れに女の腹を軽く押すと、グルグルと腸に奇妙な音が響き渡り、力が抜けてしまう。

「と、トイレ……トイレに……行きたいのです……」

我慢の限界に達し、一秒たりとも止めておける自信がない。とうとう、言葉を選んで女が男に訴えた。

「トイレならそこにある。この姿勢のまま、存分にすればいい」

男が顎《あご》で床の上にあるものを指す。女が顔を上げて見ると、床には大きな洗面器が置かれているだけだった。

「そん……な……」

男の目の前で排泄をしなければならないことを示され、女の全身は羞恥で赤くなる。人前で汚物を出すだなんて、まともな人間のすることではない。全身に力を入れて、女はその瞬間を少しでも引き延ばそうとしたが、限界は目の前に迫っていた。

「遠慮しなくていい、零《こぼ》さず受け止めてやる」

男は洗面器を摑むと、女の尻に寄せる。

「だ、駄目……駄目ですっ」

女の内部の圧力が、凄い力で男の指を押し出そうとした。今が最高のタイミングだと察した男は、ポンと人指し指を女の肛門から引き抜く。栓を失った肛孔からは、黄金色の液体が噴射した。

「いやあっ」

女は断末魔の叫びを上げた。液体に続いて、茶褐色の塊《かたまり》が下品な音をたてながら飛び出し、洗面器の中で跳ねる。女の腹のどこに隠れていたのかと驚くほど、それはすさまじい量だった。

「いやあっ、いやあああっ、ダメェッ」

いくら叫んでも、女は始まった排泄を止められなかった。女は壊れたおもちゃのように首を振る。その度に女の髪から立ちのぼるかすかな百合の香りが、男の鼻を楽しませた。

「あう……う……」

すっかり中のものを出し終えた女は、動かなくなった。動く気力も、糞便と共に出し切ってしまったかのように。汚物を排出した孔だけが、ヒクヒクと虚《むな》しい収縮を繰り返していた。

「いくら美しい女でも、お腹の中は汚いな」

男は洗面器の中のものを見てあざ笑うと、ティッシュで汚れた女の下半身を丹念に拭いはじめる。しかし女は微動だにせず、男に清められるままとなっていた。

(こんな……こんな事って……)

女の目から涙が零れる。本家の坊ちゃんは女好きの異常者だと、分家の間ではそんな噂が囁《ささや》かれていた。それを聞いた女は、男が浮気性で夜の営みが乱暴な人間なのだろうと甘い想像をし、妻としてそれを受け入れる覚悟を決めていたのだが……こんな倒錯的な事までは予測できていなかった。

「すっかり内側から綺麗になって、よかったじゃないか」

汚れたシーツや洗面器に盛られた汚物の始末を終えると、男は仕上げに女の臀部を濡れたタオルで拭《ふ》き取る。女は肩を震わせて静かに泣いた。

男は机に生けてあった百合の花を一本摑むと、匂いを嗅ぎながら女の横に座る。そして女の涙を唇で吸い取ると、百合を目の前にかざした。

「君は百合が好きだと言ったね。私も百合は好きだ。白く清浄で、そして気高い。まるで君のように」

男に褒められても、女は喜べない。喜ぶどころか、次はどんな仕打ちが待っているのかと怯えた。青ざめた女の胸の上に、男は百合を置いて立ち上がる。そして女の足首に巻かれていたベルトを取り除いた。

「だが君の本当の美しさは、そこだけじゃない。初めて会ったときから、私は君の本性を見抜いていた」

男は自由になった女の両足首を摑むと、突然上へと引き上げた。肩で逆立ちをする姿となった女は、目を見開いて男を見上げる。これ以上なにをするのと濡れた瞳が訴えたが、男は意に介さなかった。

「被虐の歓喜に目覚めた時、君の魅力は最大限に引き出されるはず」

男は両手を左右に広げ、女を開脚させる。そして身体で女の下半身を支えながら百合を摑み、もう一度花の匂いを嗅いだ。

「隠しても隠しきれないマゾヒズムの匂いが、君の肉体から立ちのぼっている」

百合の茎が、排泄したばかりの女の肛門を貫く。硬い茎が、腸の粘膜をかき分けた。

「ヒッ……」

女の涙が、驚愕《きょうがく》のあまり止まった。男は目を輝かせながら、手に力を入れる。太い茎はズブズブと腸の中を進み、十センチほど挿入した所で止まった。

「いやああっ、入れないでくださいっ」

「素晴らしい花瓶だ」

「抜いてください……こんなの……嫌です……」

女の懇願が耳に心地よく、男は酷薄な笑みを浮かべる。もちろん、抜く気はない。花を刺したまま陵辱を続けるつもりだった。

「じゃあ、そろそろ君の花弁を拝見するとしよう」

男は指先で女の恥毛の手触りを楽しんでから、カーネーションの花びらのような陰唇を摘《つま》んだ。

「あうぐっ……」

「やはり君は、ここも可憐だな。何一つ汚れていないピンク色をしている」

「う……」

男になにを言っても、なにを願っても無駄だと理解した女は、白い歯を食いしばって辱《はずかし》めを受ける。感情のない人形になれたならどんなに楽か。しかし女の心は男にいいように弄《もてあそ》ばれ、死にたいほどの羞恥心に苦しめられている。

「ここはどんな味をしている？」

存分にラビアの手触りを堪能した男は、クリトリスを包んでいる薄皮を指で剝《む》く。そして真っ赤な真珠を取り出すと、屈《かが》んで舌先で味見をはじめた。

「あふっ」

肉豆から脳天に向けて、閃光が走った。女は鎖で戒められている手で、シーツを握りしめる。なにかを摑んでいないと、何処《どこ》かに吹き飛ばされそうな衝撃だった。

「感じているんだな」

充血して小豆《あずき》ほどに膨らんだ女性のペニスを舌先で突っつきながら、男は百合の花を出し入れしはじめる。肛門と突起部分を交互に責められ、女の肉体はわななないた。

「あうっ、ああっ、やっ」

男は人差し指を、第一関節まで女の膣路に埋めた。そして短いジャブを繰り返しながら指の根元まで挿入すると粘膜を擦る。菊座に茎を挿入されるのとはまた違った痛みが、膣に走る。しかもこの痛みは、どこか甘みを含んでいた。

「いっ、痛い……」

それを認めたくなくて、女は苦痛を口にする。だが男は、女の声に媚《こび》が含まれていることをすぐに察知した。

「気持ちいい、の間違いだろう？」

「うう……痛いです……」

「気持ちいいのなら、イイと言うんだ」

「…………」

男に促されても、女は『イイ』ということが出来ない。女に残されたプライドが、その言葉を遠ざけた。

「イイ、だよ。言ってごらん、気持ちいいって」

「い、言えません……あふっ」

「言え」

「お許しください……」

女は首を振って、頑《かたくな》に快感を口にすることを拒む。排便を強要され、花を肛門にさされ、そして指を膣で泳がされて『気持ちいい』とは、救いようのない愚かな女ではないか。だが、男は追撃の手を緩めなかった。

「君の家が、親の会社が、どうなってもいいのか？」

その事を引き合いに出されては、女はなんでも言うことを聞くしかない。そのために、この家へと嫁ぐ決心を固めたのだから。

「き……気持ち……い……い……です……」

「はっきり言うんだ」

「気持ち、いい……です」

「もっと」

「気持ちいいです……ううっ」

答えて女はうなだれる。心の中では、感じてなんかないと泣きじゃくっていた。

だが、女に望んだ言葉を口にさせたにも拘わらず男は渋い表情になる。首を横に振り、深いため息をついた。

「気持ちが全然こもっていないじゃないか。それに表情も気に入らない。これも、罰を与えるべきか」

「そんな……」

罰と聞いて、女は震え上がる。さっきは目の前での浣腸を強《し》いられることが罰だった。ならば次は、なにが待っているのか……。

「これを見るがいい」

男は女の身体を下ろすとベッドから離れ、大きな窓を覆っていたカーテンを開けた。外は夜闇で暗い。窓はまるで鏡のように反射し、裸体に手と首を鎖で繋がれ、髪を振り乱し、下半身から百合を生やした女を映し出した。

「いやあああああっ」

あまりに浅ましい自分の姿に、女は絶叫し顔を背ける。だが男は女の髪を掴むと、無理に窓へと向けさせた。

「見るんだ。今の自分の姿を、しっかりと」

「いやあっ、見せないでくださいっ、こんなっ、こんなのっ」

女はすっかり取り乱していた。自分はなんという恰好をしているのだろうか。いや、これは本当に自分？　ただの朽ちかけた獣にしか見えない、この女が……。

男は髪を離し、今度は女の足首を掴むと、窓に向かって脚を広げさせる。臀孔から生えたように突き刺さっている百合、そして縮れた毛の隙間《すきま》から見えるエデンの裂け目が、黒いガラスに鮮明に反射していた。

（こんなの……私じゃない……）

しかし女は、この窓の鏡が本当の自分を映し出しているような気がして、目線を外すことができない。

女は叫ばなくなった。代わりに、惚《ほう》けた表情で淫蕩な恰好の女性を凝視しはじめていた。

「……これは……誰ですか……」

女は他人事《ひとごと》のように呟く。男は肩を揺らして笑った。

「ありのままの君だ」

男は女を後ろから抱き抱えると、両手でたっぷりと重量感のある胸を揉《も》みはじめる。そして疼《うず》き立っている二つの蕾を、指で挟んで引っ張った。

「ひうっ」

女が叫ぶと、窓の女も恍惚とした表情で叫ぶ。男は片手で百合を摑むと、出し入れを再開した。

「や……ああっ」

「こんな物を尻の孔に入れられてよがるのも、乳首を摘まれて喘《あえ》ぐのも、全部君。これが、本当の君なんだよ」

「違う……違います……」

「違わない」

男はグニュリと女の中心部に手を入れて指を動かし、かき回してから引き抜く。男の指は、女の蜂蜜で濡れていた。透明に輝くトロミのある液体は、間違いなく女が感じている証拠だった。

「見ろ、これは何だ？」

「嘘……嘘……そんな……嘘です……」

女は自分の出したものを見て狼狽《ろうばい》する。倒錯的な事を強要された果てに感じた自分が、信じられない。女は今まで自分を支えてきた何かが、脆《もろ》く崩れてゆくのを感じた。

「君の準備が出来ているのなら、もうなんの問題もない」

男は女から離れると、シャツとズボン、そして下着を脱ぐ。適度に筋肉のついたバランスのよい肉体が、女に近づいた。

「あっ……」

初めて見る異性の裸に、女は顔を赤らめて目を逸《そ》らした。その初々《ういうい》しい反応に、男は悦《よろこ》びを覚える。予想はしていたが、女はやはり処女なのだ。

「興味はあるのだろう？」

男は女の前に立ちはだかると、黒ずんだ凶器を見せつける。それは天井に向いて反って立ち上がり、先端から透明な液を滲《にじ》ませては生き物のようにビクビクと動いていた。指や注射器、百合の茎とは比べ物にならないほど、太い。

「これが、君の聖域に突っ込まれるんだ。処女膜を破り、子宮の入口を広げ、たっぷりと精液を出して君を狂わせる」

男は故意に下品な言葉を使って女をいたぶる。女は青ざめ、喉を鳴らして唾を飲み込んだ。こんな巨大な塊が入るわけがない。

しかし男は、百合を引き抜くと女の脚の間に割って入る。いよいよ結合の体勢に入ろうとしていた。

「無理です、こんなの……」

「大丈夫。女性の身体は、これを飲み込むためにあるのだから」

かぶりを振る女に、男は優しく言い聞かせた。しかしその優しさが、逆に女の恐怖心を煽《あお》る。

男が、サーモンピンクの女孔に狙いを定めた。腰を少しでも迫《せ》り出せば、すぐに繋がる位置に来ている。

いよいよこの女と繋がるのだ……そう思うと、経験豊富な男も感動を覚えずにはいられない。一族の中でも飛び抜けて美しく、また聡明で清い女。この完璧な顔を涙でぐしゃぐしゃに壊し、艶《なま》めかしい曲線を描く女体を爛《ただ》れた匂いで埋めてやろうと男は暗い情熱を燃やし、ここまで来た。

男は身体を進めはじめる。切っ先が肉のカーテンを割ると、女の身体はビクンと震えた。

「や……いやあ痛いっ、許してくださいっ、いやあっ」

脚をバタつかせる女をものともせず、逞《たくま》しい魔物が、狭く柔らかな入口を引き裂いて入る。

下半身が破裂したのかと女は思った。それほど破瓜《はか》は、激痛と苦悶に満ち満ちていた。

「もうあと半分だ」

男にそう言われ、女はまだ半分しか入っていないことを知る。

「無理……無理ですっ、これ以上は……裂けてしま……あっ」

手を突っぱねて男から離れようとする女に、ズンッと根元まで鉄槌が差し込まれる。接合部分からは赤い血が滲みだし、処女膜が破られたことを教えていた。

繋がった部分から、男は相手の震えを感じる。男の性器に、全身に、力が漲《みなぎ》った。男は女のくびれた腰を掴むと、機械のような規則正しさで抽送を開始した。

「ヒンッ、あぐっ、あああっ」

女の髪が、ベッドの上で蛇のようにのたうっていた。ピストン運動で飛び散った血が白いシーツに斑点模様を作ってゆく。痛みは薄まることを知らず、男が突き刺す度に女は気を失いそうになった。

「君の中も気に入った」

男は女を抱き寄せると更に深く繋がり、スピードを上げた。腰が止まらない。普段なら余裕を持って相手の反応を楽しみ、啼《な》かせることを好んだが、この女が相手では自制が効かなかった。

(絶対に逃さない。私のモノだ……っ)

女の中で、男が弾《はじ》けた。切れて血まみれになった粘膜に、汚濁の雨が降り注ぐ。膣で放出される感触は、不快でおぞましいものだった。

「ああう……」

女はたまらず目を閉じる。心配そうに娘を見送ってくれた両親の幻影が、瞼《まぶた》の裏に浮かび上がった。『お父さんに負けず立派に会社を運営されている方だもの、厳しいかもしれないけれど、きっとお前を幸せにしてくれるわ』『噂は彼の才能に対する嫉妬《しっと》の表れだよ、気にすることはない』

二人は不安を隠しきれない娘をそう言って説得した。しかし今考えると、あれは娘を説得していたのではなく、自分たちを納得させるための口実ではなかったか……。

「まだ、足りない」

男が血まみれの熱塊を抜くと、ブクブクと泡立った精液が女の芯孔から垂れ流れる。

「もっともっと、君を目覚めさせないと」

法喜の表情を浮かべた男は、ベッドから降りてなにかの用意をはじめる。そして放心している女に見せたものは、金属で出来た一つの洗濯バサミだった。洗濯バサミにはビニールの紐のようなものが付いていて、ベッドの下へと伸びていた。

男は女を強引に四つ這いにさせると、下へと伸びた乳房の先に洗濯バサミを挟んだ。

「痛……い……」

女は顔を歪め、奥歯を噛みしめる。小さな尖りはキツく挟まれ、赤く充血した。

「次は君も動くように」

命令口調でそう言うと女の首に取り付けられた鎖を引っ張りながら、男はすぐに回復した肉塊をバックから挿入した。

「うぐ……」

鎖を引かれて喉を締めつけられる苦しみ、そしてさっきとは違う粘膜部分を傷つけられた痛みに、女はくぐもった声を上げる。

「動くんだ」

男は手綱《たづな》のように鎖を引いて、女の張った尻を叩く。女はシーツを掴むと命令通りに身体を前後させたが、極度の疲労で力がまったく入らなかった。

「気合を入れるんだ。さもないと……」

男は女から離れ、手に持っていたボタンを押す。

「ひゃああっ」

女の身体が、自分の意思とは関係なく飛び上がる。全身が見えない拳《こぶし》で殴られているようだった。なにが自分の身に起きたのか、女は理解できない。男はそんな女に、小さなボタンを見せた。

「なに……を……？」

「電気を流した。これをこうして押すと、君の胸から電流が流れ込む仕組みでね」

説明をしながら、男は赤いボタンを押した。女は断続的な衝撃を受け、背中を反らして悶《もだ》え苦しむ。ボタンを離すと、女はうつ伏せに倒れ身体を痙攣《けいれん》させた。

「あぐ……う」

「動かないのか？」

男はぐったりしている女に挿入しながら、ボタンに親指を掛けて見せた。女は萎《な》えた腕を精一杯に突っ張ると、臀部を男に向かってクイクイと動かしはじめる。電流の拷問はあまりに恐ろしく、続けて受けると発狂しそうだった。

「やれば出来るじゃないか」

男は鎖を引きながら、女の背中を満足そうに見つめる。時々自分から腰を動かし、女に甲《かん》高《だか》い声を出させて遊んだ。

女は嗚《お》咽《えつ》しながら、窓を見る。そこには鎖で舵を取られながら腰を振る、髪を振り乱した哀れな女がいた。

（私は……家畜……家畜として、この男に扱われるのだわ……）

女は唇を震わせながら、この屋敷での自分の立場を明確に悟った。妻ではなく家畜、嫁ではなく性奴隷、人間ではなく玩具……それが、男が女に求めている真の役割なのだ。

（そんなの……辛《つら》すぎる……）

人間でありたかった。地位や発言権がなくても、せめて人間として扱われたかった。

女は窓から視線を外すと、前を見る。ふと、ベッドに投げ出されているナイフに視線が止まった。

（あれは……私の服を裂いた……ナイフ）

死への誘惑が、女を駆け抜ける。家を思えば逆らうことは許されない。けれどもこのまま男の仕打ちに耐え切れる自信もない。だったら一思いに……。

「あああっ」

男の鎖を摑む手が弛《ゆる》んだ時だった。突然、叫びながら女は、四つ這いで前へと歩きだす。そしてナイフを摑むと、自分の喉目掛けて突き刺そうとした。

「なにをっ」

不意を突かれた男だったが、素早く女の鎖を引く。しかし女はよろけながらも、自分の首を刺そうともがいた。男は女の上に馬乗りになると、ナイフを取り上げようとする。

「離してくださいっ、私はもう、もうっ」

押さえつけようとする男に対して、女は暴れて抵抗する。そして女の手に持ったナイフが、なにかを切り裂いた。

「ぐっ」

男は顔半分を押さえ、短く呻《うめ》く。女はハッと男を見た。

男が押さえた手の隙間から、真紅の液体が溢《あふ》れ出ている。女の握ったナイフは、自分の首ではなく男の顔を傷つけたのだ。

「あ……あ……」

女は自分のしたことに恐怖し、血の付いたナイフを落とす。膝《ひざ》はガクガクと震え、止まらなかった。

「ご、ごめんなさい……ごめんなさ……あぐっ」

男は近づいた女の首根っこを摑むと、ベッドに押しつける。そして赤いボタンを押した。

「あああっ」

女の肉体が、幾度となく跳ね上がる。女に触れている男にも電流は流れていたはずだったが、男は力を緩めず、絶対に手を離そうとしなかった。

女の舌が乾きはじめた。心臓が異常に速く鼓動を刻んでいる。男は電流のスイッチを投げ捨てると、女のふくよかな臀部の肉を割り、淫水に濡れたペニスで美肛を裂いた。

「い……ぐ……」

「私が甘かったようだ。もっともっとお前を躾《しつ》けないと……罰を……与えないと……」

男は顔から血を滴《したた》らせながら、女の肩を押さえつけて後ろから律動を繰り返す。女は抵抗する力も残っておらず、刺されるがまま処女喪失以上の血を肛門から滲ませていた。

男の荒々しい息づかいと血の潤滑油が滑る音……怒濤《どとう》の中、女はそれらを聞く。背中に雫《しずく》となって落ちてくる男の血の熱さが、無性に怖かった。

やがて腸の中に熱い物が注がれたが、男の凌辱は終わらなかった。

第一章　捉えられた処女

まるで博物館の様相を呈した屋敷の前で、山崎美咲は狼狽していた。ギィと重厚な音を立てて、屋敷の門が開く。一人の少女を迎え入れる為《ため》だけに。

「どうぞ、お入りください」

ウラサワグループ株式会社の社長秘書である三井が中に入るようにと促したが、美咲は動けない。今まで生きてきた場所とは、あまりにスケールが違いすぎた。

今から二週間前、美咲の父と母、そして弟がこの世を去った。

夏休みに入ってすぐの出来事だった。美咲が学校へ夏季講習を受けに行っている間に家が全焼、少女の家族は帰らぬ人となってしまった。火事の原因は煙草の不始末だったと、後に美咲は消防署の人間から聞かされた。

親類が一人もいない美咲を近所の人間は気遣い、どうにか葬儀は終わらせることができた。

しかし、それからが問題だった。美咲は今年、大学受験を控えている。将来、弁護士になりたいという強い夢がある美咲にとって進学は重要な意味を持っていた。しかし現実は、それどころではなかった。

いつまでも近所の人達の好意に甘えている訳にはいかない。かといって、どうすればいいのか判らない。途方に暮れていた時、美咲の前に巨大企業、ウラサワグループの秘書と名乗る女性、三井が現れた。『弊社の社長である浦沢泰英が、貴女のお母様の遠縁にあたる者でして。今回の火事の件を知った浦沢が、美咲さまを引き取りたい、またその義務があると申しているのです』

秘書の三井は淡々とそんな説明を始め、美咲に浦沢の住む屋敷に来てもらえないかと言った。

遠縁に大企業の社長がいると告げられても、まさに『寝耳に水』だった美咲は唖然《あぜん》とするばかりだった。しかし、進路も将来も暗礁に乗り上げていた美咲は、秘書に導かれるままに、ウラサワグループ総帥である浦沢邸へとやってくることになった。

「では、参りましょうか」

一向に動こうとしない美咲を見かねたのか、秘書が先を歩きはじめる。美咲はよろめきながらも、慌てて三井の後に続いて屋敷の中へと入っていった。

「ここでお待ちください、浦沢を呼んでまいります」

「は、はい……」

美咲は豪華な装飾品に溢れている応接間へと案内された。秘書がいなくなると、美咲は落ちつきなく室内を見回しながら大きなソファーに手をつく。火はついていなかったが奥には暖炉もあり、少女はまるで外国映画のセットの中にいるような気分になった。

(こんな……こんな家に住んでいるような人が、私の親戚だなんて……)

なにもかもが急な話で、現実感がなかった。

(お母さんはどうして、自分の親戚について話してくれなかったのかしら)

美咲が生まれてから一度として、ウラサワグループの話題が食卓にのぼったことはない。

考えてみればそれだけではない、母親は自分の過去について不自然なほどなにも語らない人間だった。

考え込んでいるうちに、扉をノックする音が聞こえた。美咲は緊張する。

「美咲さま、入っても宜《よろ》しいですか？」

「は、はい」

美咲は制服のリボンを正すと、背筋を伸ばして立ちすくむ。

「失礼します」

秘書が扉を静かに開けた。するとそこから背の高い、両親と同年齢と思われる男性が入ってきた。

美咲は固唾《かたず》を飲む。頰に傷のあるその顔は、何度となくテレビや新聞で見たことがあった。間違いなく、男は大企業ウラサワグループの社長、浦沢泰英だった。

「山崎美咲……さんだね？」

男は美咲に近づくと、右手を差し出しながら聞いた。

「は、はい」

差し出された手が、握手を求めているのだと気がつくのに数秒時間を要した。美咲が慌ててその手を取ると、男は頰を緩める。

「初めまして、私は浦沢泰英。今日は遠い所から呼びつけてしまって、申し訳なかったね」

「いいえ、その……」

「掛けて、楽にしてくれたまえ」

浦沢はよく透る低い声で、美咲に着席を勧める。その物言いは横柄ではなかったが、他人に指図し馴れた人間であることをうかがわせた。

美咲は頭を下げながら、浦沢と向かい合って座る。緊張で、身体も表情も固くなっていた。

「そんなに強張らないでくれないか、美咲さん。これは面接ではないのだからね」

少しおどけた口調で、浦沢が美咲をからかう。美咲は笑い、緊張が少し緩んだ。

「……それにしても、この度の訃報には私も驚いたよ。まさか、あの美春さんとそのご家族がね……」

浦沢は沈痛な面持《おもも》ちで、言葉を詰まらせる。

「はい……」

こうして改めて家族の死を悼む人間を目の前にすると、美咲は悲しみがこみ上げてくるのを感じた。自然と目頭が熱くなり、美咲はそっとハンカチを取り出すと滲み出た涙を拭う。

「……美春さんは浦沢家の分家の娘にあたる方でね、直接血は繋がっていなかったのだが、高校から学校が一緒だった縁で、昔は仲良くしてもらっていたんだよ」

「学校が、ですか？」

「お母さんから聞いていないかい？」

「はい……」

「そうか」

なにを聞いても、美咲にとっては初めて知る事ばかりだった。浦沢は遠くを見つめながら、懐かしそうに昔の話を語りだす。

「成績優秀、容姿端麗、そしてなによりそれを鼻に掛けない親しみやすい人だった。浦沢財閥子息という立場にある私は常に周囲の者から嫉妬されるか、機嫌を取られるかのどちらかだったのだが、彼女だけは偽りない態度で私に接してくれたものだ。彼女は私より二つ年下だったが、いつも助けられていたよ」

母を褒められ、美咲は気持ちが少しだけ明るくなる。なにより、母の過去を知っている人間に会えたことが純粋に嬉しかった。

「……本当になにも聞いていないのかな？」

話に聞き入る美咲を見て、浦沢は悲しそうに尋ねる。

「実は私、母の過去についてなにも知らないんです」

「ほう」

「母が教えてくれなかったので……自分の過去も、家族の事もなにも。だから遠縁の親戚がいるということも、今日初めて知りました」

浦沢は苦笑を浮かべる。

「……なるほど。確かに、少々複雑な過去を持っていたのは確かだね」

「どういう……事ですか？」

「ふむ」

浦沢は一息つくと、使用人に飲み物を持ってくるように言った。白いエプロンを付けた女性の使用人がすぐに紅茶を用意し、二人の前にカップを置いた。

「……彼女は二十歳《はたち》の頃、家出をしてね」

「……え？」

カップを口に運ぼうとしていた美咲の手が、思いがけない言葉に止まった。

「家出？」

「ああ……」

浦沢は険しい顔で紅茶を一口飲むと、トーンダウンした声で続けた。

「ある日突然、家を出たと聞いている」

「それは何故……」

「理由は判らない」

「そう……ですか……」

母親の驚くべき行動に、娘の美咲は動揺する。母は厳しく、躾けに異様にこだわる人間だった。まさか、そんな母が家出を経験していたなんて……。

「それで……母は、それからずっと実家に帰ることはなかったのですか？」

美咲は食い入るように、浦沢に質問する。

「ああ。ご家族も私も、ずっと彼女の行方を探していたのだが……やっと美春さんの名前を聞く事ができたと思ったら、こんなことになっているなんてね……」

浦沢は肩を落とすと、片手で顔を覆って黙る。

(お母さんに……そんな過去があったなんて)

母が美咲に対して厳しかったのは、母自身が波瀾に満ちた人生を歩んだ反動だったのかもしれない。美咲は、とりあえずそう思うことにした。

「……しかし、この機会に彼女の訃報が私の耳に入ったというのは……美春さんに美咲さんのことを頼まれた気がしたよ。勝手な解釈かもしれないがね。美咲さんさえよければ、今日からここに住みなさい。もちろん、学費などの一切は面倒みさせてもらう」

困っている美咲にとっては、ありがたすぎるほどの申し出ではあった。だが遠縁とは言え、ほとんど『見ず知らず』の人間である浦沢にそこまで甘えていいものだろうか。美咲は迷った。

「……やはり、急にこんな事を言われても困るだけだったね」

「いえ、困るだなんて……」

浦沢の寂しそうな笑顔に、美咲は何故だか胸が苦しくなる。

「その……そうしていただく理由がないような気がして……なんだか申し訳ないように……思いまして……」

浦沢は言い淀む美咲を見て、大笑いした。

「申し訳ないと思う必要は全くない。むしろ私がお願いしているんだよ。あの日、美春さんの相談相手にもなれなかった自分の罪を埋めたい気持ちなんだ。むしろ私を助けると思って、ここへ来てほしい」

浦沢に頭を下げられ、美咲は面食らう。

「あ、頭を上げてください」

「来てくれないだろうか？」

浦沢はもう一度繰り返すと、正面から美咲を見つめる。

彫りが深く、鼻が高い浦沢の顔は日本人離れしている。頬にうっすらと傷があることを除けば、モデル並に造形の整った浦沢に真摯《しんし》な表情で見つめられ、美咲は急に恥ずかしくなり顔を下に向けた。

「返事を聞かせてくれないかな？」

優しい声だった。それに家族を急に亡くした美咲にとって、あまりに温かく、包容力のある言葉だった。

「ご好意に甘えても……いいのでしょうか？」

「もちろんだとも」

浦沢の力強い返答に、美咲は心を決める。

「お世話になります。このご恩は、必ずお返ししますので」

美咲は、深く頭をさげた。

「ありがとう。君がここに住んでくれること自体が、最高の恩返しだよ」

浦沢は美咲の手を握った。その手は大きくて暖かく、美咲は安らいだ気持ちになる。

美咲は家族を失ってから初めて、心からの笑顔を浮かべることができた。

浦沢の行動は迅速だった。

屋敷の中に美咲の部屋を決めると、数時間のうちに使用人に命じて衣類や勉強道具をはじめとする日用品をすべて取りそろえた。火事でなにもかもを灰にしてしまった美咲にとって、それは最上の配慮だった。

「信じられない……」

夕方、美咲は自分の住む場所となった部屋を見回すと、思わず素直な感想を口に出してしまった。立派な机に女神像の彫刻が施されたベッド、そして素足で歩いても痛くないほどフカフカの華やかな絨毯。朝まで住む場所に困っていた境遇が嘘のようだ。

「すごい……うふふっ」

美咲はベッドの上に転がると、スプリングの反動を楽しむ。母が見れば『はしたない』と怒られそうだと思いながらも、美咲は何度も跳ねずにはいられなかった。

夢を見ているようだった。いきなり生活水準の違いすぎる場所に身を置く不安はあったものの、美咲はお姫様になった気分に陶酔していた。

「お父さん、お母さん、和雄……私、頑張るからね」

美咲はポケットに入れていた写真を取り出すと家族に報告する。悲しみは消えないが、将来の夢に向かって前進する気持ちは再び芽生え始めていた。

「お嬢さま、夕食の用意が整いましたので、お席まで案内させていただきます」

扉の向こうからメイドの声が聞こえた。返事をして外に出た美咲はそこに立っていた女性を見て、啞然とする。

そこにいたのは、母親の美春だった。

「お……おかあ……さん？」

「はい？」

メイド服の女性は首を傾《かし》げた。その声を聞いた美咲は我に返る。顔は母にそっくりではあったが、よく見れば母よりもっと若い。

「すみません、とても……母に似ていたもので」

美咲は恥ずかしく思いながらメイドに向かって謝る。

「そうでしたか。では、こちらです」

メイドは愛想程度に微笑《ほほえ》むと、夕餉《ゆうげ》の席へと歩きだす。美咲はメイドの後ろを歩きながら、自分の頭を軽く拳で叩いた。もっとしっかりしなくては、先が思いやられると反省しながら。

巨大なテーブルが置かれてある大広間には、すでに部屋着の上からガウンを羽織った浦沢が座って待っていた。白いテーブルクロスの上には既に色とりどりの料理が並び、溜め息が漏れるほど豪華だった。

使用人が椅子を引き、美咲が座る場所を示した。

「どうも」

美咲は恐縮しながら席につく。その様子を、浦沢は目を細めて見つめていた。

「では乾杯しようか」

浦沢は洗練された手つきで、美咲に向かって乾杯する仕種《しぐさ》を取る。美咲も慌てて、目の前にあったグラスを手に取った。

「美しき美咲さんが、わが家に来てくれたことを記念して……」

美咲の頬が真っ赤に染まった。異性に慣れていなかった美咲にとって、ちょっとした賛辞でも照れを感じてしまう。

「あ、ありがとうございます」

美咲は一気にグラスの中の赤い液体を飲み込み、むせる。グラスの中に入っていたのは、甘いワインだった。

「私が選んだワインだよ。美咲さんの口に合えばいいのだが」

浦沢は透明な液体を飲み干すと、穏やかな笑みを美咲に向けた。

「ワイン……」

生まれてから一度もアルコールを口にしたことのなかった美咲は、軽い衝撃を受ける。ワインがこんなに美味しいものだとは知らなかった。

「ワインなんて初めてですけど、すごく美味しいです」

「飲んだことないのかね？」

「はい。お酒自体、飲むのは今日が初めてです」

「ほう……最近は未成年でも、ある程度そういった経験があるものだと思っていたが。いやはや、美咲さんは真面目だね」

「母が厳しかったものですから」

美咲はグラスを置くと、いつも娘に監視の目を光らせていた母を思い出していた。自分は母に嫌われているのではないか……そう疑うほどに、娘に対して厳しかった母。

幼いころから、女の子の友達以外とは遊ぶことを禁じ、また門限も異常なまでに守らせようとしていた。

高校は女子校を選択させ、携帯電話の所持を許さず、徹底して異性を近づけさせようとしない母のお陰で、すっかり美咲は男性に対して免疫がなくなってしまった。

「お母さんのこと、嫌いだった？」

浦沢の質問に、美咲は首を横に振る。

「いいえ。きっと母は、私の事を思って厳しくしてくれていたと思いますから」

どんなに厳しくても、やはり美咲は母が大好きだった。

「そうか……」

浦沢はグラスを揺らし、波うつワインを眺めて黙った。会話が途切れた気まずさを紛らわせるかのように、美咲は料理をひたすら口に運ぶ。

こうして、食事の時間は静かに進んだ。

「……美咲さん。よかったらこれから、美咲さんの部屋を見たいのだが、いいかな？」

食事を食べ終える頃、浦沢がナプキンで口を拭いながら聞いた。

「はい、もちろんです」

美咲はフォークを置き、立ち上がる。これから一緒に暮らす相手の部屋を見るのは、当然のことだろう。

「すまないね、いろいろ大変だったから、ゆっくりしたいだろうが」

「いいえ、大丈夫です」

角張った返答をする美咲を見て、浦沢は優しく笑いながら少女の細い肩に手を置く。

「そんなに緊張しなくてもいい。ここはもう君の家でもあるのだから」

「はい」

その言葉に、美咲は酔った。

もし浦沢がもっと若い男性だったなら、美咲はどう接していいのか判らず苦痛を感じていたかもしれない。だが浦沢は年齢的に異性というより『父』に近い存在。優しく包容力のある大人の男性の魅力に、美咲は心を寄せはじめていた。

「じゃあ、行こうか」

浦沢はポンポンと美咲を叩くと、少女の部屋に向かって歩きだした。

歩幅の大きな浦沢に追いつこうと、美咲は早足で歩く。階段を上がり、今日できたばかりの美咲の部屋へと二人は入った。

「綺麗に片づけたね」

浦沢は、開口一番に言った。

「浦沢さんのお陰です。いろいろ買っていただいて」

「いいや、当然のことだよ」

部屋を見回しながら、浦沢は事も無げに言う。大富豪である男にとって、この程度の出費は大したことはないのだろうが、美咲にとっては大きな事だった。

「本当に感謝しています。浦沢さんがいなければ、私はどうなっていたことか……」

その時の事を想像し、美咲は身震いする。身を置く場所もなく、きっと惨めな思いをしていたに違いない。

「そんなに感謝することはない。私こそ、素晴らしい宝石を手に入れたのだから」

「宝石……？」

美咲は聞き返すが、浦沢は急に話題を変えた。

「実はね、ここは昔、美春さんが数日過ごした部屋なんだよ」

「お母さんが？」

「そう」

浦沢は感慨深そうに、ベッドを見る。

「ここはね、私と美春の、最後の思い出の場所でもあるんだ」

浦沢の表情に影が射す。部屋の温度が変わった気がして、美咲は思わず身を引いた。

「お母さんとの……最後の思い出の場所？」

「ああ。美春とはこの部屋で離れ、そして以後、私は彼女に会うことはなかった……」

「それは……どういう事ですか……?」

「美咲さん、いいものをあげよう」

「い、いいもの……?」

突然話題を変えられ戸惑う美咲に、浦沢は鼻唄混じりに近づく。

「美春も愛用していたネックレスだよ。目を閉じてごらん。私が美咲さんの首に、つけてあげるから」

「あ、あの……」

「目を閉じて」

「はい……」

浦沢に笑顔で迫られ、美咲は仕方なく言われた通りに目を閉じる。

シャラリと金属が擦れる音がして、首の周りに何かが巻かれた。ネックレスにしては重い。

最後にカチリと何か閉じる音がした。

「目を開けてごらん」

美咲はゆっくりと目を開く。

「よく似合っているよ……美咲」

「あ、ありがとうございます」

急な呼び捨てにぎこらなく微笑みながら、美咲は喉のネックレスに触れる。首に巻かれたそれは、革の手触りがした。

「これっ……て……」

美咲は窓に映った自分の姿を見て、眉を顰《ひそ》める。それは明らかにネックレスではない。小さな金属の錠と、鎖が付いた黒い革の首輪だった。

「気に入ったかい？」

浦沢は鎖の端を、ベッドの支柱に固定しながら聞いた。

「浦沢……さん……これは……」

自分の身に何が起きようとしているのか予想もつかず、美咲は首輪を摑んで浦沢を見る。

浦沢は血走った目を美咲に向け、口の端を歪めて笑って言った。

「……さあ、復讐の時間の始まりだ」

第二章　復讐の生贄

「復讐……復讐って……」

美咲は自分の勘違いではないかと、首に巻かれた革のベルトにもう一度触れてみる。だがそれは間違いなく拘束具で、ひんやりとした手触りは美咲の心までも凍《い》てつかせた。

「復讐だよ」

浦沢の優しい笑顔は変わらなかった。だが今は、それが逆に美咲の恐怖心を煽りたてる。浦沢のなにもかもが、最初に会った印象とは真逆となっていた。

「あ、あ、あの……」

「しかし、見れば見るほど美咲は美春に似ている。偽物なんかではない、本物の宝石だ」

浦沢はベッドに座ると、長い足を組んでくつろぐ。話が見えない美咲は、うろたえるしかなかった。

「目も、口許《もと》も、声も、立ち振る舞いも、高貴で清浄な所も……なにもかも美春にそっくりだ。高校で出会ってからこの部屋で別れるまで、私が見てきた美しさのすべてが、似ている」

浦沢はベッドに手を置くと、シーツを撫でる。まるで見えない誰かを愛撫しているかのように。

「私は彼女を変えたかった。しかし、彼女はそれを嫌がった。私が本当の魅力を引き出す前に、彼女は隙をついて屋敷から逃げてしまい……そのまま、行方をくらませた。彼女が残したのは、この頬の傷だけだ」

浦沢は深く縦に刻まれた傷痕を手で覆う。そして顔を歪め、瞳に憎悪の炎を灯《とも》らせた。

（お母さんが……傷を負わせた？）

俄《にわか》に信じがたい言葉だった。母は厳しかったが、冗談でも他人に暴力を振るう人間ではなかった。

「母は、どうして浦沢さんを傷つけたのですか？」

美咲が尋ねた瞬間、浦沢は美咲を睨む。あまりの気迫に、美咲は息を呑んだ。

「お前は過去を知る必要はない。だがあの時私が受けた傷を……美咲、娘のお前が癒すべきだ」

浦沢は鎖を摑むと、手前に引き寄せる。美咲は首から折れるように、浦沢の足元へ引き寄せられた。

「ああっ、い、痛い……」

ギリギリと首を締めつけられ、美咲は痛みと息苦しさに喘ぐ。だが浦沢は容赦なく、鎖を引き上げた。

「ところで……お前は処女だな、美咲」

「え……」

カッと顔が赤くなる。

「酒も飲んだことがない、男と喋ることすら不慣れなお前のことだ。答えろ、処女だろう？」

「……それ……は……」

浦沢はニヤリと笑うと、鎖を手放した。

「言いたくないのなら、言わなくてもいい。答えはすぐに出る」

呟き込んでいる美咲の腕を摑むと、浦沢はベッドの上に引き上げる。そして少女の手首に手錠を掛けると、ベッドの柱に固定した。

「な、なにをする気ですか……」

両手を上にした状態のまま動けなくなった美咲は震え上がる。あまりになにもかもが唐突すぎて、混乱していた。

「なに、楽しいことだ」

浦沢は美咲の上に跨《また》がり、少女のブラウスのボタンを一つずつ外しはじめた。

「やめ……やめて……」

身体を揺すってみたが、浦沢の重みで微塵《みじん》も動くことができない。美咲は青ざめる。他人の、しかも男の手によって自分の服が脱がされていくなど、美咲の中ではあってはならないことだった。

だが浦沢はボタンを全部外すと、今度はスカートのボタンを外し、美咲の足から抜き取る。

「いっ、いやっ」

美咲は下着姿となった。

(こんな……こんなことって……)

美咲は両手で身体を隠そうとするが、手錠がそれを許さない。美咲は無防備な状態で、浦沢の目線に晒された。

「いい眺めだ」

白の下着に身を包んだ美咲を、浦沢はまじまじと観賞する。

抜けるような少女の白い肌には、染みやホクロなどはない。見事なまでに、艶《つや》やかな肢体だった。

「見ないで……見ないでください」

美咲は、弱々しく浦沢に懇願する。

こんな屈辱的な状況に陥ったのは初めてだった。突き刺さるような視線が肌に痛い。

「そんなことできるわけがない。こんな素晴らしい少女の肉体が目の前にあれば、見つめない男などいないだろう?」

美咲の頼みを一蹴すると、浦沢はまろやかな少女の曲線に指を滑らせる。脚、腰、そしてお腹を通って胸……指は瑞々《みずみず》しい肌を楽しみながら、縦横無尽に走った。

「う……いや……」

くすぐったさともどかしさが同時に身体を蝕《むしば》み、少女は唇を噛む。その表情に目を輝かせながら、浦沢は何度も何度も指を往来させた。

美咲の肉体はどの部分も女性として成熟しきってはいなかった。その身体をこれから自分が開花させてゆくのだと思うと、浦沢は暗い悦びに浸る。

「私の手でお前を咲き乱してやる」

浦沢は美咲の胸を、ブラジャーの上から力強く摑む。飾り気のない白いブラジャーの下で、美咲の柔らかな胸に浦沢の指が食い込んだ。

「んあっ……いた……い……」

少女は真珠のような歯を食いしばる。親にすら触れられたことのない胸を好き勝手に弄られ、羞恥に身を震わせた。

「そろそろ直《じか》に揉ませてもらおうか」

言うが早いか、浦沢は勢いよくブラジャーを上へと擦り上げる。

プルンと柔肉が震え、形のよい果実が二つ飛び出た。たわわな肉感とは裏腹に、小振りな乳首が付いた肉毬。汚《けが》れなき果実を、男はてのひら一杯に掴んだ。

「やっ……きゃあああっ」

動けないと判っていても、美咲は戒められている腕を動かさずにはいられなかった。手首に血が滲んでも、美咲は手を動かし続ける。今の美咲には、それぐらいしか出来ることはないのだ。

「いや、いや、いやあっ」

「顔だけでなく、胸の形も美春にそっくりだ」

感心したように呟きながら、浦沢は美咲の胸を直に掴む。指の間から、白い果肉が漏れだしていた。

「味はどうだ？」

少女の胸を両手で寄せると、その先の小さな乳輪を交互に口に含み、舌先で遊びはじめた。ちゅっちゅっと音をたてては吸い込んでみたり、指先でコリコリと潰《つぶ》すようにつまんだりと、休みなく愛撫を続ける。

「イヤです……やめ……て……ううっ」

美咲は首を振って、むず痒《がゆ》く不快な触接を嫌がる。だが浦沢の舌と指は、激しさを増すばかりだった。

「そんなこと、しないで……」

さっきまで、優しい紳士だと思っていた。自分の人生を救ってくれる『あしながおじさん』だと信じていた。家族の死という悲しみを埋めてくれようとしている救世主だと……。しかし、この変わり様はなんなのだろう。『復讐なのだ』と、男は言った。だがそんな説明で納得できるはずがない。

「は、母は……浦沢さんに……なにをしたのですか……？」

美咲は喘ぎながらも、その合間にどうしても知らなければならない問いを必死で発した。

浦沢は頰を引きつらせると、尖りはじめていた胸の先を軽く嚙んだ。

「ヒグッ……」

美咲の腰が浮く。百万ボルトの電流が、身体に流れ込んできたようだった。

「知る必要はないと言っただろう」

憎々しげに、少女の胸の頂を摑んで上へと引っ張る。美咲の胸は伸び、まるでテントのような形になった。

「いやっ、イタッ、やあぁっ」

乳房と同時に、美咲はパンティーの底に眠っている密やかな部分も同時に痛み、自然と両足をすり合わせてしまう。その行為を、浦沢は見逃さなかった。

「どうした、なにをモジモジしている」

浦沢が指を離すと、水風船のように身の詰まった胸は、弾みながら落ちた。

「モジモジなんか……してません」

そう答える美咲の息はあがっていた。浦沢の目が、獲物を狙う獣そのものになる。

「いいや、していた。私の愛撫に気持ち良くなってきたのだろう？」

「気持ち良くなんか……」

美咲は言い淀む。快感とは自覚していなかったが、痛みの中に存在する微かな愉悦は感じていた。

「ほう。調べてみるか」

浦沢は美咲の足元に移動すると、パンティーの両端に指を掛けた。

「なに……なに……？」

美咲はうろたえる。まさか、そんな部分を他人に晒すなんて……。

「調べるのさ、美咲が不感症でないかどうかをね」

浦沢が手を引くとパンティーはくるくると丸まり、さらに小さな布へと変わった。

「いやっ、いやですっ」

美咲は脚を閉じて身体を曲げる。この下着だけは、脱がせられてはいけない。

「無駄だ」

浦沢は余裕の表情で美咲の両足を軽々と持ち上げると、三角の下着を脚から抜いた。

「やっ……ウソ……いやっ」

とうとう、美咲は男の前で全裸となった。あまりにも簡単に。少女は身体を曲げて男の視線から逃れようとする。しかし、それは全く意味を成さなかった。

(これは……夢、きっと夢よ……悪い夢……)

ブルブルと震えながら、目を閉じると自分に言い聞かせる。美咲の脚の間を、浦沢は舐めるように眺めて言った。

「なんと薄い毛だ、ここは美春と違うな。あいつの方がまだ濃かった」

「止めてくださいっ、そんな……そんな事を言うのはっ」

あまりに屈辱的な母娘対比に、美咲は思わず叫んだ。しかし浦沢は半月状に口を広げて笑うと、観賞を続ける。

「中はどうだ」

浦沢は美咲の両足首を摑むと、ゆっくりと左右に広げはじめる。いよいよ浦沢に、長く綺麗な脚のつけ根にあるルビー色の領域を見せようとしていた。

「やめ……て……」

どんなに力を入れても、開かれてゆく脚を閉じることはできない。冷たい空気が未開発の部分にあたると、美咲はこれが夢でないことを認めざるを得なかった。

悪夢以上の悪夢。美咲の目から、大粒の涙が零れる。

「見えてきたぞ」

とうとう花園は開かれた。浦沢は思わず溜め息を漏らす。

薄い恥毛の奥には、淡紅色の花弁が幾重にも重なり入口を塞いでいた。美咲の呼吸に合わせて、花びらは微かな開閉を繰り返している。誰の侵入も許したことがない美咲のその部分は、女を犯すことに慣れた浦沢にさえ、神聖なものに見えた。

「見事だな」

正に、少女の中心部は素晴らしい『華』だった。すべてにおいて形がよく、気品さえ漂っている。

（これで、処女でないはずがない）

浦沢は美咲の処女を確信する。この色と艶、そして狭そうな門をして、処女でないはずがないと。

美咲は、母親の事を何度も『厳しい人だった』と言っていた。おそらく温室の華の如《ごと》く娘を徹底管理し、育てていたのだろう。潔癖だった彼女の性格を思えば、簡単に想像ができた。

「礼を言うぞ美春、私に最高級の生贄《いけにえ》を用意してくれたことをな」

浦沢は心から美春に感謝した。このご時世には珍しいほど純真な乙女を育ててくれたことに。これだけの汚れなき上物、さぞ調教し甲斐があるに違いない。

「まずは、味見と洒落《しゃれ》込もうか」

浦沢は美咲の入口に顔を近づけると、ふうっと息を吹き掛けてみる。陰毛が揺れて、肉の花弁がキュッと締まった。

「ああう……」

生ぬるい息を中心部に感じ、美咲は手錠の鎖を摑む。なにかを強く摑んで自分を保っていないと、発狂してしまいそうだった。

「可愛いな」

浦沢はフッと息を抜いて笑うと、舌を伸ばして秘裂にそっと埋め込む。そして下から上へと、一気に舐め上げた。

「きゃあああっ」

広い室内に、美咲の絶叫と鎖の擦れ合う音が響き渡る。美咲の肌が、ブツブツと粟立《あわだ》った。

「美味い」

浦沢は短く感想を述べると、更に深く自分の顔を少女の女唇に埋め込んだ。

「ああ……いや……イヤ……」

美咲の瞳からは、次々と涙が溢れ流れる。それは想像を絶するおぞましさだった。まるで内臓を余すところなく舐められているような、そんな感触。

「美味いぞ……美咲」

感動しながら、浦沢は少女の入口に再び口をつける。丹念にあらゆる部分を舐め回し、尿道の小さな穴までも舌先で擦るように愛撫した。

「あうう、や……いやぁっ」

美咲にとって、口でそんなところを舐め回すなどは『あり得ない』行為だった。

「素晴らしい味だ」

浦沢は夢中になって、少女の恥肉をしゃぶり続けた。かつて愛し、そして憎み続けた女の娘と思うと、舌の動きは自然と熱くなる。

肉をかき分け、ザラザラした舌先は奥へ奥へと向かった。

「ああうっ、あっ、あっ」

美咲は呼吸ができない。異質なヌルヌルに犯され、辱められ、美咲の思考はぐちゃぐちゃに絡まっていた。

（イヤ……イヤ……こんなの……）

少女の全身から、汗が吹き出す。シーツにシワを作りながら、美咲の肉体は骨のない生き物のようにうねった。

「いい反応を見せる。不感症ではないらしいな」

浦沢は一旦、美咲の陰部から顔を遠ざける。そして指で美咲の薄皮を剝《む》き、その下に隠されている赤真珠を表に出した。

小さな小豆ほどの大きさをしたクリトリスは、既に赤く充血して尖り、美咲が確実に感じていることを浦沢に教えている。

浦沢は興奮した。

（美春、見ているか。お前の娘を、私は今から淫らにしてゆくんだ……）

浦沢は再び口を近づけ、肉芽を口に含んだ。

「あひぃぃっ」

明らかに今までと違う衝撃に、美咲は瞳を見開く。爪先から脳天まで、電流が突き抜けたようだった。

内腿《うちもも》が勝手に震え、鼻の奥がツンと痛む。

(なにこれ……なにこれ……いやあっ)

美咲は、得体の知れない己の反応に怯えた。

「んっ……ん」

浦沢はクリトリスを扱《しご》くように舐め続ける。それは口の中で、更なる膨らみを見せた。

「ダメ……ダメ……やっ、やだあっ」

美咲の目は虚ろになり、口がだらしなく開く。初めて体験する快悦に、少女はいいように翻弄されていた。その表情を見ているだけで、浦沢の股間には血液が集まり、戦闘態勢になる。

だが、浦沢はまだ美咲を貫く気はなかった。

(もっとだ……もっと美春に、娘の乱れる姿を見せてやる)

浦沢は舌の動きを早めて、美咲を更に気持ち良くさせてゆく。

「あー……あうっ……ひうっ」

美咲は痙攣しながら、爛れた悲鳴を上げ続けていた。

高められた肉体と感情の終着点が判らず、浦沢の舌がもたらす愉悦に踊り狂うしかない。女としての本能が疼きだし、若い肉体はいつ爆発してもおかしくない爆弾そのものになっていた。

（おかしくなる……おかしくなっちゃう……助け……て……お母さん……）

美咲は目を閉じ、母に助けを求める。脳裏に、母の姿が浮かんだ。

（お母さん……）

美咲は心の中で、母に向かって手を伸ばす。しかし記憶の母は、娘を冷たく突き放した。

『汚らわしい女。私から生まれたなんて、考えたくもない』『女の貴方など、生まれてこなければよかった。生まなければよかった』

マイナスの感情しか込められていない母の声。遠い昔、美咲の人格を、娘としての存在を否定された日の、底知れぬ悲しみと恐怖が、ふつふつと胸に蘇《よみがえ》る。

「許して……お母さん、許して……」

自分でも気がつかないうちに、美咲は泣きながら亡き母に必死で謝っていた。

「お母さん……ごめんな……さい……」

「おっ、おお……」

浦沢は舌先に熱い潤いを感じ、思わず顔を引く。美咲の亀裂から、透明な蜜が大量に湧き上がっていた。

浦沢は少女が吐いた淫らな液体を指で掬《すく》う。指先で光る液体は、美咲が、浦沢の舌で感じていることを示していた。

「美咲、これを見ろ」

浦沢は粘っこい液体のついた指を美咲の眼前に突きつけると、指と指の間に糸を引かせて見せた。

「…………」

美咲は泣き腫《は》らした瞳で、それを見る。呼吸が酷《ひど》く乱れ、思考も拡散していた美咲には浦沢が何を言いたいのか判らなかった。

「愛液だ、これはお前の愛液なんだ」

「あいえき……？」

美咲はぼんやりと淫水を見る。

「これはお前が感じた印だ。私の舌に感じて、淫らな気持ちになった証拠だよ」

浦沢は得も言えぬ悦びにうち震えながら説明する。

「美咲は私に感じたのだ。私を受け入れる準備ができたと、身体が語っているんだ」

浦沢は着ていたガウンを放り投げると、身につけていた衣服をすべて脱ぎ捨てた。

「あっ……」

初めて見る異性の裸体から、美咲は慌てて目を逸らす。顔が自然と紅潮した。

「見ろ。今からお前を昇天させる道具を、しっかり見ておけ」

浦沢は美咲の頭を押さえつけると、無理に自分の性器を見せた。

「い……や……」

そう言いながらも、美咲は目を閉じることができない。

赤黒く、血管が浮いた筒の先には、まるで槍のような『かえし』がついていた。そして更にその先端には、縦に切ったような小さい孔が穿《うが》たれていて、そこから透明な液体が流れ出ている。

(これは……なに……?)

人間の身体の一部だとは絶対に思えない。まるで異世界の生き物のように見える。

だが美咲はまだ、醜悪な狂気の〝本当の使い道〟については知らない。地獄は、これからが本番だった。

「夢を見させてやる」

浦沢は少女の脚の間へと身体を割り込ませる。そして自分が荒らした蜜裂に、その先端をあてがった。

「なにを……するのですか……？」

良からぬことをされるという予感ぐらいならある。だが、なにも理解していない美咲には、具体的な事はなに一つわからない。

極端なまでに無垢で無知な美咲を見て、浦沢は凶悪な表情で笑った。

「美咲と私、身体を一つにするのさ」

「一つ……に……」

「セックスだ。セックスぐらい、聞いたことがあるだろう？」

美咲は息を飲んだ。

「セック……ス」

「そう、セックスだ」

男女の営み。子供を作るための行為。そして、最も罪深い行い……美咲の中に刻まれた罪の意識と記憶が、総身を震わせる。

「いっ、いやっ、駄目、駄目ですっ」

美咲は狂ったように叫ぶと、浦沢の下から逃げようと闇雲にもがく。処女の美咲にとってセックスや妊娠は、理解を越えた恐怖でしかなかった。

「逃げられんよ」

浦沢は美咲の頭を片手で掴むと、ベッドに押しつける。

「いやあ……怖い……」

暴れても逃げられないことが判ると、美咲は嗚咽を漏らす。浦沢はそんな少女を見て、ますます欲情を深めた。

「お前は今から私の女になる。私に烙印を押され、性奴隷となるんだ」

浦沢は美咲の腰を掴むと、ゆっくりとぬかるんだ湖へと身を進めてゆく。本格的な合体が始まろうとしていた。

「そら、入りはじめた。真っ赤でぬるぬるしたお前の入口から、私が入ってゆくぞ」

「い……いや……あ……」

充血した花びらが、左右に押し広げられる。少女の入口は、巨大な砲身を少しずつ飲み込みはじめた。

「あっ……い……ぎっ……」

痛い……いや、痛いというだけではとても足りない、激痛。まるで四肢が裂かれ、生皮を剝がされたかのような強烈な痛み。

初めて通る女への洗礼を、美咲は復讐という名の下で受けていた。

「あぎあ……うあ……あ……」

まるで陸に揚げられた魚のように、口をパクパクさせて美咲は苦悶する。

「ふうっ……んんっ」

(なんだ、この狭さは……くっ……)

浦沢はまだ三分の一も侵入していないにも拘わらず、窮屈すぎる肉門に苦戦を強いられていた。

ただキツいだけならば、強引に分身を押し進めればいい。だが美咲の処女孔は特別だった。

浦沢の体液を吸い出そうとしているように、柔襞が肉茎に絡みつき、そして中で蠕動する。

美春とは、明らかに違っていた。

(とんだ名器だな。美春の娘が、こんな道具を持っているとは……)

浦沢は息を吸い込むと、自分に気合を入れ直した。ここで美咲に飲み込まれる訳にはいかない。油断すれば、骨を抜かれるのは自分だと思った。

浦沢は美咲の下半身を持ち上げると、繋がっている部分を上に向ける。そしてその体勢で、ゆっくりと自分の体重を美咲の中心部へ乗せていった。

「いああっ、いた……やめてぇ……」

シーツに爪をたてて美咲は悶える。そうしながら、自分のお腹が異物で膨らむ様子を泣きながら見ていた。

（イヤ……こんなの……イヤよ……）

最も罪深い行いである性交は、最上の愛で結ばれた者同士が行う時だけ至高のものとなる……美咲は母にそう教わってきた。しかしそうでないセックスは、なにひとつ許されることのない万死に値する罪悪なのだとも、心に刻みつけるように教えられてもきた。

だが。

美咲に訪れた現実は、男の一方的な愛撫と挿入、そして神経を壊滅させる程の痛み。愛など、この部屋のどこにも存在していなかった。

「私だけ気持ちいいのは反則だな」

浦沢は半分まで自分を入れた状態で、美咲の突き出た肉豆を指で弄る。ベッドを軋《きし》ませて、少女の身体が跳ねた。

「うぐうっ、触らないでぇっ」

「面白い。ここを触ると、穴が更に締まる」

浦沢は美咲の赤いスイッチをグリグリと指で押す。

「あひっ、あううっ、やあんっ」

美咲は明らかに媚が含まれた悲鳴を上げた。

そんな自分の声が信じられず、美咲は唇を噛む。しかしやはりその部分を弄られると、子猫のようなため息が漏れてしまった。

「いいぞ、美咲。快楽を感じている自分を素直に認め、そして私を認めろ」

浦沢は腰を左右に振ると、残りの砲身を美咲の中に埋め込む。

ビッと、何かが破れる音を美咲は聞いた。ぴっちりと塞がれた孔の端から、赤い液体が滲みだす。

純潔の証《あかし》が、破られた瞬間だった。

「ああ……いやあ……」

美咲は本能の部分で自分が汚れてしまったことを知り、泣き崩れる。浦沢は指で美咲の血をすくうと、そっと自分の頬の傷になすった。

「これでもう、お前は私の女だ……」

頬に美咲の赤を彩った浦沢は、勝ち誇ったように言う。親だけではなく、その娘の処女を奪ったことで、浦沢の胸に自信のようなものが湧き上がっていた。

ずっと果たせなかった悲願を、やっと企うできる日がきたのだ。

「もっと啼かせてやろう」

浦沢は抱えていた美咲の下半身をベッドの上に置いた。そして、少女の片足を広げ、叩きつけるように連結部を穿つ。鮮血が飛び散り、白いシーツが斑《まだら》に赤く染まった。

「あがっ、あうっ、あん……」

美咲の胸は、浦沢の動きに合わせて妖しく揺れる。浦沢はそれを根こそぎ摑むと、固くしこった先を交互に舐めながら腰を振った。

浦沢に抱えられた太股《ふともも》が、真っ直ぐに伸びる。足の先にある指は、いっぱいにまで広がっていた。

「痛いか、美咲」

「うう……痛い……」

美咲は二、三度頷《うなず》くと、悲しげな瞳で浦沢を見る。狭い孔に特大サイズの肉棒はあまりに辛かった。

だがそんな中にあっても、愉悦の炎は決して消えることはない。美咲の一番深い部分で、少女の全身を燃やし尽くす瞬間を狙っていた。

「最初に私が抜かせてもらう。だが心配するな、後でお前もイカせてやるからな」

浦沢の抽送速度が早まった。少し力の抜けていた美咲の肉体は、再びピーンと弓のように反る。美少女の顔は、汗と涙と鼻水で無残に汚れていた。

浦沢は美咲の身体を抱きしめると、大きな動きで揺さぶる。最後の追い込みだった。

「イク、イクぞ、イクッ」

「ひうっ、いやぁ……」

傷つけられ血が滲む美咲の粘膜に、浦沢の白い欲望が容赦なく飛び散る。根元まで男根を咥《くわ》えてしまった処女孔は、いまや愛液と血液、そして浦沢の白濁液でドロドロに汚された。

「ああ……」

美咲はそのまま意識を失う。手足すべての力が抜け、少女の裸体は死体のようにだらりとベッドの上で弛緩《しかん》した。

「うう……ふう……」

放出を終えた浦沢だったが、肉棒はまだ硬さを失っていなかった。浦沢は抜かずに、そのままの体勢で美咲の内側の体温を楽しむ。抜いてしまうのが惜しい。もう一度このまま、二度目の凌辱を始めたかったが、次は美咲の快楽を優先すると決めている。

「よかったぞ美咲……お前の母とは比べ物にならないほどにな」

苦悶の表情のまま横たわる少女の頬に浦沢はキスを浴びせる。するとそれに応えるかのように、浦沢を咥えていた下の唇が微かに蠢《うごめ》いた気がした。

「……くそっ」

名残惜しい気持ちを振り払うと、浦沢は美咲から抜いた。そして鍵を使って美咲の手錠を外すと、ベッドの下に忍ばせてあった黒いケースを取り出してから、美咲を揺すって起こした。

「ううん……」

美咲は微《かす》かに目を開けると、辺りを見回す。一瞬とは言え意識を失い、記憶が混濁していた。

「おはよう、美咲」

浦沢は黒いケースを開けながら、美咲に挨拶をする。裸の浦沢を見て、美咲はなにもかも思い出したのか顔を蒼白にさせた。

「ああ……私……」

「処女喪失で気絶とは、なかなかデリケートな性格らしいな」

美咲の腕を摑むと、浦沢は二の腕に細いゴムホースを巻き付ける。珠《たま》のような肌にゴムが食い込み、その部分が赤くなった。

「なにを……しているのですか」

破瓜の悲しみを嘆いている暇もなく、美咲はかすれた声で浦沢に聞く。全身が軋むように痛み、起き上がることすら出来ない。

「美咲を夢色の世界へ連れていってやろうと思ってな。気持ち良くなる薬を注射する用意をしている」

浦沢は黒いケースから一本の注射器を取り出すと、慣れた手つきで薬液を満たして指で弾く。

美咲の表情が凍りついた。

「な、なんの薬なんですかっ」

「夢色の世界へ連れてゆく薬と言っただろう」

当たり前の事を聞くなと言いたげな口調で答えながら、浦沢は消毒液を浸した脱脂綿で美咲の腕を拭いた。アルコール特有のひんやりとした感触が、更に美咲を現実へと覚醒させる。

間違いなく、浦沢は美咲の腕に得体の知れない薬を注入しようとしていた。

「やめっ、止《や》めてっ、そんなのイヤッ」

美咲は手で突っぱねて、浦沢から逃れようとした。しかし浦沢は美咲に馬乗りになると細く白い腕を掴み、注射器を構える。それでも、美咲は足でシーツを掻《か》いて暴れた。

「暴れるな。でないと、針が折れて血管の中に入ってしまう」

それを聞いて、美咲は目を大きく開く。その隙をついて、浦沢は注射針を美咲の腕に突き刺した。

「ああっ」

チクリと皮膚を突き破り、血管へと薬が注入されてゆく様を、恐怖に引きつりながら見る。浦沢の手際は鮮やかで、その作業に数秒も要さなかった。

「これでいい」

浦沢は針を抜くと、美咲の腕に浮き出たビーズ一粒ほどの血をガーゼで拭き取る。

「身体が熱くなって、なにもかもが気持ち良く感じるようになる」

美咲から降り、ゴムホースや注射器を片づけながら言った。

「あ……ああ……」

美咲は注射された腕を押さえると、未知への恐怖に怯える。

(ど……どうすればいいの……?)

咄嗟に、美咲は自分の上腕を圧迫するように押さえる。こうすれば少しでも薬が身体に回ることを押さえられるのではないかと思った。

「無駄だよ、もうそろそろ効きはじめる。試してみようか?」

浦沢は鼻で美咲を笑いながら、円錐形の乳房を掌《て》の中で転がしはじめる。そして時々、初々しい色をした乳輪をなぞっては指先で摩擦するように摘んだ。

「あふっ……あっ」

美咲は押さえていた手を外し、シーツを摑む。認めたくないが気持ちがよかった。さっき触れられたときより何倍もの快愉感が、全身に波打っている。

「なかなかだろう？　この薬を打たれた女は、触れられただけで感じるようになる」

浦沢は美咲の顔を覗き込むと、ニヤリと笑い乳首を強く指で挟んだ。

「うあうう……」

摘まれた胸は、キュンと甘い痛みを感じた。子宮は疼き、内側からなにかが溢れ出てきそうになる。

（ああ……これは……薬のせいなの？）

美咲は薬物によって変えられてゆく自分の肉体が恐ろしく、硬直する。だが浦沢の指が悪《いた》戯《ずら》っぽく先を突っつく度に、痛みは次第に甘露な快感へと変化していった。

「力を抜け、感じろ」

浦沢は白い膨らみを口一杯に頬張ると、余った手で恥毛の生えた丘をさわさわと撫でる。

「ふうんっ」

男の巨根によって裂かれた丘は指に荒らされて痛みを感じたが、すぐにそれも消えて愉悦が湧き上がる。浦沢が赤く腫れた膣路に指を入れると、血と混ざった精液がトロリと零れ落ちた。

「うんんっ」

美咲は白い喉を見せて喘ぐ。痛いくせに気持ちがいい。初めて味わう感覚だった。

「気持ちいいと、言ってみろ」

「そんなこと……」

「余計な意地を張るな」

浦沢は女核を、体液でぬめる指で弾く。美咲の思考が瞬間的に麻痺し、虹色の光が瞼の裏に瞬《またた》いた。

「んああっ、き、気持ちいいっ」

美咲は叫ぶ。そして、その叫びは美咲の理性をあっさりと弾き飛ばしてしまった。

「もっとして欲しいだろう？」

「は、はい……」

「どうして欲しい？」

「そんな……」

「言え」

感じすぎたせいで、頭を出したクリトリスを浦沢は容赦なく押す。美咲は全身を痙攣させながら、叫んだ。

「もっと……もっと触ってください」

自分の発した言葉が信じられなかった。けれども、その言葉が自分を更に淫欲の世界へと押し上げてゆく。

「触って欲しいのか？」

「はい、はい……いっぱい触ってください……」

「美咲は、いやらしい女の子だな」

「はい……美咲はいやらしいです……」

美咲は屈辱的な言葉を復唱する。薬が自分を壊しているんだ。この私は私じゃない……そんな今なら、どんな変態的な単語でも口にできた。

「よしよし、いやらしい美咲には、もっと気持ちいいことをしてやらないとな」

浦沢は、すっかり復活していた肉槍を掴むと、美咲の前に座った。そして再び女の入口にソレをあてがい、挿入準備を整える。

「入れてやる。いいな？」

「はい……」

「美咲はコレで、気持ちよくなるんだ」

「ああ……はい……」

またあの痛みを体験しなければいけないのかと思うと、美咲は萎縮する。だが痛みすら快感にすり替えられる今なら、それもいいかもしれないとさえ思えた。

「行くぞ……そらっ」

美咲の肉膜を掻き分けて、再び太い魔羅が足の間に埋められる。精液と血液が混ざった桃色の液体が、いっぱいに広がった合接部からジワリと滲み出てきた。

「んあああっ」

初めての凌辱と変わりない痛み。だが、美咲を狂わせる薬は、それすらも快感だと少女の脳に伝えていた。

「動くぞ……力を抜け」

浦沢は一回目とは違い、美咲の身体の様子をうかがいながら小刻みな動きを始める。このセックスの目的は美咲を天国の領域へと連れてゆくことで、自分だけが先走る訳にはいかなかった。

「あうっ、ああっ、痛いっ」

「痛いだけか?」

「……あう……判らない……判らないんです……でも……なにか違う……」

判らないといいながらも、美咲は感じはじめている。水っぽい音が部屋いっぱいに広がる頃、美咲は未踏の淫美な感覚に溺れ、それを味わう余裕すら生まれはじめていた。

浦沢に突かれ、そして身を引かれる度に、擦られた膣襞から信じられないほどの快感が生まれ、そして散ってゆく。空を飛んでいるかのように身体が軽い。

浦沢は『夢色の世界へ連れていってやる』と言った。その言葉に偽りなく、美咲の女体は夢色の世界を彷徨《さまよ》っていた。

「次はこっちだ」

浦沢は深く串刺したまま、美咲に後ろを向かせる。中で浦沢が捩《よ》じれ、美咲はソプラノの悲鳴を上げて白目を剝いた。

「この角度もいいな」

浦沢は、肉厚な尻を後ろから眺めながら、バックでの蠕動を再開する。美咲の大きな胸が前後に揺れた。腰を摑まれて犬の姿勢で犯されながら、リズムを刻むような喘ぎ声を出す。

「あっ、あっ、あっ、ううっ」（いやぁ……違う部分に当たって変になるっ）

後頭部がジンジンと痺《しび》れ、美咲は自分が上を向いているか下を見ているのかすら判断できなくなっていた。それほど浦沢のピストンは鮮烈で、美咲の感じる部分を的確に突いてゆく。

「ああっ、もう……」

美咲はシーツに嚙みつくと、うわずった声で限界を訴える。

浦沢を挟んでいた柔肉が、巾着袋の口のようにギュギュッと締まる。その動きで、浦沢は美咲が初めての絶頂を経験しようとしていることを知った。

「もうイクんだな、美咲」

「ああっ、イ、イクってなんですか……わからない……わからない……ひううっ」

美咲は、さっきからオシッコが漏れそうな焦燥感に襲われていた。

「イクはイクだ。もうすぐ判る」

浦沢は腰を軽く引き、肉槍の挿入を浅くすると、故意にその瞬間を先延ばしにする。美咲は狂った。

「ああ、わかりませんっ、でも、イイッ」

「イイのか」

「はい、はいっ」

少女の口からは涎《よだれ》が流れ、知的な顔を惚けたものにしていた。

「素直に認めたご褒美だ、天国へと案内してやる」

浦沢は両膝に力を入れると、全力で美咲に挑みはじめる。二人の肉体を包んでいた汗が四方に散り、美咲はシーツを嚙んで意味を成さない言葉を叫びはじめた。

「ひぐっ、あうぐっ、あーっ」

「イケッ、飛んでしまえ美咲っ」

「あーっ」

火照《ほて》った恥肉が痙攣し、太いモノを咥えたまま収縮する。

薄暗い部屋の中にいるはずなのに、美咲は眩《まぶ》しさを感じた。まるで光の海に溺れているかのように、目の前が真っ白になっている。

気持ちがいいの一言では納まりきれない初めての絶頂を、美咲は体験していた。

「ううっ」

美咲につられる形で、浦沢の発作が始まった。美咲の中に冉びたっぷりと体液が注ぎ込まれる。二回目とは思えないほどの量だった。

「あううっ……」

後頭部がヒリヒリと痛んだ。それが薬によるものなのか、それとも快感によるものなのか、美咲には判別できない。ただ一つ判ることと言えば、極彩色の夢が目の前に広がり、粘膜に浴びせられる精液すら心地よく感じていることだ。

「美咲……」

ズルリと、浦沢は美咲から分身を引き抜く。トロリと少女の赤い肉谷から流れだす体液は、倒れた瓶から零れる蜂蜜を連想させた。

「初めてのオルガズムはどうだった？」

まだ荒い息を吐く美咲に浦沢は尋ねるが、少女は返事をしない。嵐のような法悦が去り、理性を取り戻しはじめた美咲に残ったのは、目眩《めまい》がしそうなほどの羞恥だった。

「答えないか。どうだったと聞いている」

「薬……この薬には、なにか後遺症があるのですか？」

尚も尋ねる浦沢に向かって、美咲は思い詰めた表情で質問を返す。浦沢は吹きだした。

「後遺症とはなんのことだ」

「き、気持ち良くなる薬なのでしょう？　だったらなにか、副作用とか……」

「なにもある訳ない。これは単なるビタミン液なのだからな」

「……え？」

美咲は虚を突かれ、言葉を失う。浦沢はクックッと、心から楽しそうな笑い声を上げた。

「ビタミン液だと言ったんだよ、さっき打った注射がね」

「う、うそ……」

そんな筈はない。浦沢は『気持ち良くなる薬』だと言った。それに、注射を打たれてからの美咲は、身体が熱くなって乱れに乱れた。あれは薬のせいだったのでは……。

「覚醒剤とか……そんな薬だったのではないですか？」

「私が一言でもそう言ったか？　これは風邪の初期症状のときに打つ栄養剤だ。疑うなら見てみろ」

浦沢は薬液を吸い上げたアンプルを美咲に投げて寄越す。美咲は震えながらアンプルを拾い、ラベルを確かめた。ラベルには確かに『ビタミン類』と印刷されていた。

薬のせいでないのなら、あの快楽に溺れて恥ずかしい言葉を口にした自分は……。

「ああ……あ……私……」

「今日はもうおやすみ、美咲。また明日な」

浦沢は腹の底から笑いながら、美咲の部屋を出てゆく。

「ううあ……あああっ」

あの卑しい言葉も、喘ぎ声も、なにもかもが薬ではなく、自分自身が発した欲望だった。

後に残された美咲は、枕に突っ伏して泣きつづける。首から伸びた鎖が、少女をあざ笑うかのようにジャラジャラと鳴っていた。

第三章　凌辱調教

「彼女の名は千夏。今日から美咲の世話係を担当する」

用意されたワンピースを着た美咲が、朝食の席で浦沢に紹介されたのは、昨日、美咲が母親と見間違えた女性だった。浦沢に紹介されると、千夏は笑顔で美咲に頭を下げた。

「千夏です。よろしくお願いします」

「どうも……」

それに対して、美咲の返事は暗く淀んでいた。破瓜、そして自らの淫らな本性を暴かれた衝撃は、たった一晩で薄れるはずもない。

「どうした美咲、元気がないな」

浦沢は、なにもかも理解《わか》っている上でそう言って笑う。

美咲は溢れそうになる涙を懸命に堪えた。ここで泣き叫ぶのは、あまりにも悔しい。心と身体をズタズタにされた少女にも、そう考えるプライドは残っていた。

「……今日は気分がよくないので、部屋で寝ていてもいいですか？」

美咲はちっとも食べる気のしないスクランブルエッグを少しだけフォークで突っついた後、浦沢に聞く。

「駄目だ。この後、美咲には、やってもらいたい仕事がある。とても重要な仕事だ」

「仕事……」

浦沢にそう言われ美咲は身震いする。男の示す『仕事』が、昨夜の乱れた行為の類《たぐい》であることは簡単に予想がついた。またあんなことが今後も続くのかと思うと、持っているフォークで首を刺して死んでしまいたい気分になる。

乱れて、狂って、そして気を失って……。

己の痴態を思い出した美咲は、唇を噛みしめた。

「おい、美咲にアレを付けてやれ」

浦沢は千夏に、顎で命令をする。

「はい、かしこまりました」

千夏はお辞儀をすると、美咲の後ろに回った。

「美咲さま、失礼します」

千夏の手には、黒い首輪があった。それを見た美咲はフォークを床に落とす。

「そ、それはもう嫌ですっ」

昨日、あの部屋で首輪を巻かれたときの恐怖を思い出した美咲はたじろぐ。首に付けられた戒めは、美咲の自尊心までも締めつけてしまうのだ。

「やれ」

浦沢の冷めた声で千夏は動いた。千夏は少女の身体に手を回すと、そこから革の帯を手早く首に巻く。

「嫌……」

美咲は両手で外そうとする。だが千夏はバンドを固定し、素早く鍵を掛けた。

「わ、私を犯すのに……こんな首輪など必要ないでしょう……」

自分の放った『犯す』という生々しい単語に更に吐き気を覚えながら、美咲は悲痛な声で浦沢に訴える。

「そうだ、犯すだけなら首輪など無意味だ」

浦沢は、あっさりと首輪の不必要性を認めた。

「だが美咲、何かを忘れていないか。私はお前をただ『犯す』ために、ここへ置いた訳ではない。女を犯したいだけなら、何もお前でなくてもいい。私には好きなだけ女を選んで抱ける力があるからな」

浦沢はコーヒーカップを掴むと、ゆったりと口許に運ぶ。そして香りを楽しみながら、黒い液体を一口飲んだ。

「しかし、私の傷を癒せるのはお前しかいない。美春の娘であるお前が私に対し『完全服従』することによって、私は初めて癒される」

「完全服従……？」

「そうだ。私の全てを受け入れること……それが、私にとっての復讐であり癒しだ。既に昨日の時点で美咲は私の肉体を易々《やすやす》と受け入れてくれたが、あれだけでは満足できない」

「や、易々となんて……受け入れていません……」

美咲は俯《うつむ》きながらも反論する。浦沢の片方の眉が上がった。

「そうかな？　初めてのクセにスケベな汁をいっぱいに垂れ流しながら、私のペニスに突かれて気をやっていたではないか」

「あ、あれは浦沢さんに騙《だま》されて……それに痛くて……気絶した……だけです……」

そうでないことは、自分が一番よく判っていた。だが羞恥心の強い美咲は、簡単に認めることなどできない。

「……そうだな、美咲は私に騙され、痛みで気を失っただけだったな」

浦沢は美咲の言い分にあっさり頷く。

「それなら今日は更に気合を入れて、美咲に『快楽』を覚えてもらうこととしようか。痛みを感じないように慣らさないとな」

「あ……」

美咲は、つまらない意地を張ったことを後悔した。

「さて、そろそろ始めるか」

椅子から立ち上がると、浦沢は用意していた鎖を手に持って美咲に近づく。

「こ、来ないで……」

美咲は逃げようとしたが、千夏が少女の細い肩を強く摑んで放さなかった。

「やっ……」

「美咲さま、わがままを言わないでください……貴女は思慮の足りない美春とは違うでしょ？」

千夏は美咲の耳元で、浦沢に聞かれないよう小声で囁く。

「えっ？」

急に母の名前を切り出された美咲は、驚いて千夏を見る。だが千夏は、のっぺりとした薄い笑顔を浮かべているだけだった。

浦沢はすかさず首輪に鎖を取り付ける。美咲の首に、またも鎖が繋がった。

「こんな恰好……嫌ですっ」

美咲は首輪を外そうと、無理に引っ張ってみる。しかし少女のか弱い力で猛獣用の首輪を外せるはずもない。指先と首が赤くなり、自分の身体を傷つけるだけだった。

「今日はまず、屋敷の中を案内しよう……飼い犬ゴッコでもしながらな」

浦沢が鎖を引くと、強制的に美咲は男の元へ近づく。美咲は両手で浦沢の身体を押し退けようとするが、その力は自分の首へと伝わり、自分が苦しい思いを強いられた。

「ううっ……」

「抵抗をすれば苦しむのは美咲自身だ、判っただろう？」

浦沢は言い聞かせながら、少女の頬を下から舐め上げる。桃のように薄く生えている少女の産毛が、浦沢の唾液を含んでべったりと張りついていた。

「つまらない抵抗は止めることだ。さあ、四つ這いになれ」

「よ、四つ這い……？」

「まさか四つ這いの意味まで知らないのか？　犬みたいに、手足を床に付ける事だ。とりあえずやってごらん」

浦沢の優しい言葉遣いが、却《かえ》って美咲の心を抉《えぐ》る。これでは、本当に犬の扱いではないか。

「さあ、這うんだ。今日は犬の恰好で、屋敷中を歩いてもらう」

「い、嫌ですっ」

美咲は頭を撫でようとした浦沢の手を叩いて払う。

「美咲さま、床に手を付けてください」

突然、千夏が後ろから美咲の胸を摑み、そして一番感じる先端を容赦なく摘んだ。

「ああっ」

美咲は身体から力が抜け、膝から床に崩れ落ちる。千夏は美咲の手を摑むと、四つ這いに適した位置へと無理に置いた。

「お上手ですわ、美咲さま」

千夏は毒のある笑顔を浮かべながら、立ち上がろうとする美咲の頭を上から押さえつける。

「イヤッ、放してっ」

美咲はうずくまった姿勢のまま叫んだ。

「それはいけませんわ。さあ、まずはこのまま浦沢さまに、服従のキスをしましょうね」

千夏は更に、美咲の頭へ体重を乗せる。美咲の目の前に、浦沢の黒い革靴が迫っていた。

「イヤ……絶対に……嫌……」

美咲は唇を嚙みながら、立ち上がろうと必死だった。しかし昨日の出来事で体力を消耗していた少女の抵抗は、余りにも弱い。美咲の顔は徐々に浦沢の足元に近づき、やがて愛らしい唇は冷たい革の上へと押しつけられた。

「んんっ」

本革特有のむせるような匂いに、美咲は息を止め眉根《まゆね》を歪める。だが千夏は押さえる手を一向に緩めようとはしなかった。

「もういい、離してやれ」

千夏は不服そうな表情を浮かべたが、すぐに言われた通りに手を離した。

全力で抵抗していた美咲は、すっかり疲れきっていた。それでもなんとかこの屈辱的な姿勢から立ち上がろうとする。

「立つ事は許さん」

浦沢が鎖を引いてそれを阻止する。まだ、浦沢の言う『仕事』は始まったばかりだった。

「では散歩に行ってくる」

「いってらっしゃいませ」

礼をする千夏に見送られ、浦沢が歩きだす。美咲は鎖に引かれて、その後ろを本当の犬のような恰好で歩かされた。

立ち上がろうとすれば、すかさず浦沢が鎖を操作して巧みに美咲を跪《ひざまず》かせる。こうして何度か立ち上がろうとした美咲だったが、数分が経過する頃にはその気力をすっかり剝がれてしまった。

「いいぞ、その調子だ」

浦沢に褒められながら、美咲は獣の姿勢で歩く。屋敷の中にはすべて柔らかな絨毯が敷かれていたため膝や手が痛くなることはなかったが、それでも美咲の心はナイフで切られたかのような鋭利な痛みを感じていた。

「おはようございます、旦那さま」

廊下で出合った使用人が、主人である浦沢に向かって丁寧に頭を下げる。だがすれ違うと使用人は振り返り、美咲に対して遠慮のない好奇の視線を向けた。

(見ないで……お願い……)

みじめな姿に刺さる容赦のない視線に、美咲は気が遠くなる。この視線から逃れられるのなら浦沢と二人きりになってしまってもいい、早くどこかの部屋に入って欲しいとさえ思った。

「もっと早く歩かないか」

浦沢が鎖を引いて、美咲を急《せ》かす。

「うう……」

「服が邪魔か」

浦沢はしゃがむと、美咲の胸のボタンに手をかけた。

(脱がされる……っ)

裸で屋敷を這わされる自分を想像した美咲は、咄嗟に浦沢の手を噛んだ。

「くっ」

浦沢は噛まれた方の手を引く。血は出ていなかったが、美咲の歯形がくっきりと残っていた。

「……なかなか面白い抵抗を見せる」

浦沢はクックックッと、肩を揺らして笑う。美咲はその笑い声に脅え、身を竦《すく》ませた。

「おい、誰かハサミを持ってこい」

浦沢が低く透る声を上げると、どこからともなく使用人が手にハサミを持って現れた。

「どうぞ」

うやうやしく浦沢にハサミを手渡すと、使用人は姿を消す。

浦沢は渡されたハサミを、美咲の目の前でシャキシャキと音をたてながら開閉してみせた。

「脱ぐのが嫌なら、切ってやろう。動きやすいようにな」

浦沢は美咲の頬に、ハサミの刃を当てる。金属の冷たい感触に、美咲は硬直した。

浦沢は無言で笑みを浮かべると、美咲のスカートの端を摘む。

「動くなよ、肌を切ってしまうからな」

浦沢は早口でそう言うと、若草色のワンピースにハサミを入れた。

「ああ……」

服を全部切り裂かれると覚悟した美咲は、目を閉じて息を止める。

だが、そうではなかった。

「いくぞ、美咲」

浦沢はハサミを床に置くと、立ち上がって鎖を引く。

美咲は這いながら、そっと下半身を見た。

「そんな……」

ミニスカートにノーパン……少女は、破廉恥極まりない姿になっていた。美咲は慌てて短くなったスカートを下げて、剝き出しになった下半身を隠そうとする。だが短くカットされたワンピースはそれ以上は下がらなかった。

「歩け。まだ屋敷の半分も案内していない」

浦沢は無情だった。美咲は、ソロリと手足を小さく動かして這う。だが、数歩も歩けばスカートはめくりあがり、白桃のようなお尻は惜しげもなく晒された。

「あ、歩けません……こんなの……」

美咲は半泣きになりながら、浦沢に向かって哀切の表情を見せる。だが、それに対する浦沢の反応は冷やかだった。

「私に逆らうとどうなるのか、その身体にしっかりと刻みつけておくがいい。罰だよ、これは」

「罰……」

罰。

何故か美咲はその言葉の中に、一瞬ひどく官能的な何かを感じ、背筋がゾクゾクした。

「なにを立ち止まっている、行くぞ」

浦沢が再び、首輪の鎖を引く。

顔を赤くしてぼうっとしていた美咲は、瞬時に我に返った。

「は、はい……」

美咲は時折、片手でスカートを下げながら、よたよたと浦沢の後を歩きだす。ふと周囲を見てみれば、使用人たちが扉の隙間から自分を覗き見ていた。

（いや……恥ずかしい……）

少女は顔を床に向けると、恥ずかしさに耐え忍ぶ。

美咲は何度もスカートを押さえた。少しでも油断すれば、臀部どころか黒い茂みまでもが丸見えになってしまう。

（見えちゃう……イヤ……）

太股をなるべく密着させて歩こうとするせいで、美咲のスピードはかなり落ちた。

「遅いぞ」

すかさず、浦沢が美咲を叱責する。

「す、すみません……」

美咲は素直に謝った。

（これは罰……罰なんだわ……）

そう思っただけで、美咲は何故か抵抗する気力を失う。『罰』という呪言に、美咲は肉体を内側から縛られていた。

（随分と従順になったものだな……何故だ？）

下半身を気にしながらも黙ってついてくる美咲を見下ろしながら、浦沢は首を捻った。さっきまであんなに嫌がっていた『犬の散歩』を、今は健気《けなげ》ささえ漂わせながら従おうとしている。これはどんな心境の変化なのか。

「……謎だな」

浦沢は鎖を持ち直すと、更に歩幅を広げて歩きだす。

「はぁ……はぁ……」

美咲は全身に汗をかきはじめた。屋敷の中は異様なほど広く、歩いても歩いても終わりがない。

それに加えて、慣れない四足歩行が美咲から残り少ない体力を徐々に奪っていった。

「ああ……」

とうとう美咲は床に伏した。手は痺れ、足や膝は感覚がなくなっている。これ以上の歩行は無理だった。

「どうした、歩け」

浦沢は鎖を引き、美咲の首を締める。だが美咲は、動くことができなかった。

「もう……あ、歩けま……せん……」

美咲は肩で息をしながら、声を震わせる。喋る体力すら残っていなかった。

浦沢は真っ赤になった美咲の手を見て、さすがにこの調教は少女の体力的に限界だと判断する。

「散歩は、もう終わりだな」

浦沢は近くの階段に腰を下ろしながら言った。

（終わる……やっと、終わってくれる）

美咲は心から安堵《あんど》する。早く下着を身につけ、切り裂かれたワンピースから普通の服に着替えたい。

少女がよたよたと立ち上がろうとすると、浦沢は再び鎖を引いた。

「誰が立てと言った」

厳しい口調で、浦沢が叱責する。

「もう終わりと……言われたので……」

「散歩は終わりだが、今からは躾けの時間だ」

まだ続くの……？　次はなにをされるというの……？

「あ、あの……服を……着替えさせてくださ……」

「その必要はない。今からお前は、裸になるのだからな」

「……こんな、廊下の真ん中で、ですか？」

「ああ、そうだ」

事も無げに、浦沢は頷く。

「もう下半身は丸出しにしているんだ、今から恥ずかしがることはないだろう」

男の冷笑に、美咲はカッと顔が熱くなる。確かに、すでに女性の一番大切な部分は露出している。だが少なくとも、全裸よりはマシだ。

「脱げ。私の前で、裸になってみせろ」

浦沢は腕を組むと、観賞する体勢を取った。

「自分で……脱げ、と？」

美咲は四つ這いのまま浦沢を見上げ、聞き返す。

「そうだ。自分で一枚ずつ脱ぐんだ」

「そんなこと……」

「できないか？」

浦沢が、上から美咲を睨んだ。そのあまりに暗い目の光に、美咲は驚く。まともな人間の眼光ではなかった。

逆らえば、どんな酷《ひど》い仕打ちが待っているか計り知れない。

「わかり……ました……」

美咲はワンピースのボタンに手を掛ける。

「ストリップショーの始まりだ」

浦沢が楽しそうに笑うと、美咲の手が震えてボタンを摑めなくなった。

羞恥心が、美咲を食らいつくそうとしている。

(無理よ……こんなこと……)

「脱げないというのか？」

動かない美咲に浦沢が低く囁く。

「うう……」

絶体絶命だった。

「これ以上時間をかけるようであれば、罰を与えるぞ？」

「罰……」

またもやその言葉に、美咲はピクンと身体を震わせ反応を示す。

(罰……罰を受けてしまう……)

ふと、浦沢の提示する『罰』を受けてみたいという狂った欲求が、美咲の胸を突く。

(な、なにを考えているの、私……っ)

美咲は愕然《がくぜん》とした。これではまるで、浦沢の与える『罰』を自分から待ち望んでいるようではないか。

そんなことはない。こんな屈辱的で愚かな行為が早く終わってくれることを自分は望んでいるはずだ。

「ぬ、ぬ、脱ぎますっ」

美咲は慌てて叫ぶ。私は罰など受けたくない、そんな馬鹿な考えを持っているはずがないと、自分自身に証明するために。

「だったら早くやれ」

そう命令しながらも、浦沢は心の中で首を傾げた。

（また美咲が従順になった……）

なぜ急に、言うことを聞くのか。美咲が変わる前後に共通したことと言えば……。

（罰、という言葉か？　しかしそんな言葉が、美咲を変えるのか？）

野性的な嗅覚《きゅうかく》で、浦沢は美咲の変化の要因に気がついた。だがまだ、どうしてその言葉に少女が反応するのかは判らない。

「ああ……」

美咲は緩慢な動きで、一つずつボタンを外していった。服の隙間から、ブラジャーのレースが顔を覗かせている。

（恥ずかしい……死んでしまいたい……）

羞恥が、少女の身を焦がし尽くしてゆく。自ら脱ぐぐらいなら、他人に剝がされたほうがマシなこともあるのだと、美咲は知った。

「昼の光を浴びた美咲の裸体は、夜とは違う光景を見せてくれるだろうな」

浦沢は揶揄《やゆ》し、少女の心を弄ぶ。美咲は苦悶しながらも、ワンピースを床に落とした。

「お願いですから……見ないでください……」

美咲は股間部分に手を当て、小さく盛り上がった茂みを男の目線から隠そうとする。だがその恥じらう姿は、男にとって煽情的に見えてしまうことを少女は知らない。

「早くそれも取ってしまうがいい」

浦沢は、美咲の白いブラジャーを指さす。

「これを……」

これを取ってしまえば、本当に一糸まとわぬ姿になってしまう……いや、首輪が唯一の衣服となってしまうのだ。

「早くしないと、お前を罰することになるぞ」

浦沢は意識して、『罰』という単語を口にしてみる。すると美咲は、冷たい氷に触れたかのようにビクッと震え、あからさまに狼狽していた。

（やはり、『罰』か……）

浦沢は確信する。美咲の中で『罰』という言葉が特別な意味を持っていることを。

（絶対に美咲の深層にある『罰』の意味を見いだしてやる）

新たな楽しみを見いだした浦沢は、深い満足感を覚える。少女の隠れた秘密を暴いてゆけるのかと思うと、楽しくてしょうがなかった。

「さあ、ブラを外すんだ」

新たな思いつきを微塵も漏らさず、浦沢は命令を続ける。

「は……い……」

美咲は膝で立つと手を後ろに回し、留め金をゆっくりと外す。そして腕から抜き取り、胸を隠していた布を床に落とした。

「う……」

美咲はすかさず、手で女性らしいふっくらとした部分を隠そうとした。

「隠すな。両手は外して、下にしろ」

浦沢は美咲の腕を掴んで、命令する。美咲は震えながら両手をだらりと垂らした。

「……素晴らしい」

若さに溢れた女体に、浦沢は目を奪われる。暗い部屋で見るのとは違い、窓から差し込む太陽の光の下で見る美咲の裸体は、神々《こうごう》しいほどに輝いていた。

「もう……許してください……」

美咲は両手で自分の肩を抱くと、しゃがんで小さくなる。薄暗い部屋ではなく、明るい廊下での露出は、美咲の神経を磨耗した。

「次はその恰好で、もう一度四つ這いになれ」

浦沢はどこまでも無慈悲だった。

美咲は歯を食いしばりながら、言われた通りに再び屈辱的な姿勢をとる。そうしないと、浦沢から『罰』を受けてしまうのだ。

「恥ずかしい……」

美咲は小さく呻く。この姿勢は、豊満な乳房が床へと垂れ下がり、なにより秘溝の中身が外に向かって剝き出しになってしまう。

「その場で、回ってみろ」

浦沢は、更に恥ずかしい命令を美咲に下した。

美咲は小刻みに足を動かして、その場で回って見せる。

皺の寄った孔はヒクヒクと動き、その下方にある赤い亀裂からは透明なラヴジュースが覗いていた。

「お前……濡れているのか？」

浦沢は手を伸ばすと、予告もなく指を秘裂の中に埋め込む。中はドロドロとした溶液で満たされた沼地となっていた。

「あううっ……嘘……」

「嘘なものか、ホラ」

浦沢はもっと奥に指を入れて泳がせる。粘液をまとわりつかせながら、浦沢の太い指は美咲の肉襞を強く擦った。

「やあぁっ、痛いっ」

美咲は顔を床に擦りつけて、腰を震わせた。昨夜の貫通の儀式の名残で、膣路は赤く腫れて痛みを感じる。肉の扉を捲《めく》ってみれば、粘膜は糜爛《びらん》していた。

「お願いです、止めてください……痛いんです」

絨毯に爪を立てて美咲は懇願する。すると意外にも、浦沢はすぐに指を抜いた。

「そうだな、今日は挿入をやめておいてやるか。その代わり、私を舐めてもらおう」

浦沢はズボンのチャックを開けると、中から猛《たけ》り狂った肉棒を取り出す。

「あっ……」

美咲は脈打つソレから慌てて目を逸らす。昨日散々見せられたモノであっても、恥ずかしさは変わらない。

「もうそんな反応を見せなくてもいいぞ。昨日の夜、お前はコレによがり狂ったのだからな」

浦沢は自慢の肉棒を、キュッキュッと数回擦る。先走り汁で濡れていた先端からはヌチャヌチャと湿った淫らな音が響いた。

「こっちへ来い、そして口で奉仕するんだ」

浦沢は美咲を繋いだ鎖を引っ張ると、少女を自分の元へと引き寄せる。そして、ムッとするほど熱気を湛《たた》えたソレを、薄い唇に突きつけた。

「奉仕……って……」

美咲は両目を寄せて、男のシンボルを凝視する。禍々《まがまが》しい形状をしたソレは、まるで生き物が呼吸をしているかのようにヒクヒクと蠢いていた。

「まずは口を開けて、これを咥えるんだ」

浦沢はもう一度、股間を美咲に向かって突き出した。

(こんなものを……口の中に入れる……？)

美咲にとって、それはあまりに汚れた行為だった。尿がでる部分を口に含むなど、想像しただけで身の毛がよだつ。

「どうした、嫌なのか？　咥えなければ……そうだな、その恰好のまま外へ散歩に出るか」

「外へ……」

美咲は息を飲んだ。

裸のまま、往来の激しい道路を這いずり回る自分を想像し、美咲は血の気が引く。人がいないこの廊下ですら死にそうなほど恥ずかしいのに、そんな事をされたら本当に心臓が止まってしまう。

「そ、そ、それだけは……」

「だったら、早く咥えろ」

浦沢の命令は簡潔だった。

美咲は浦沢と逸物を交互に見る。早くしなければ。この浦沢という男なら、躊躇《ちゅうちょ》もなく美咲を外に連れだすだろう。

美咲はつつましい口を開けると、そっと肉塊を飲み込む。

「んんっ……」

ツンとした匂いと、舌先に生ぬるい液体を感じ、その不快さに美咲は涙ぐむ。

「歯を立てるな」

浦沢は美咲の頭に手を置くと、征服感を楽しんだ。

「これはフェラチオという行為だ。だが、口に入れているだけでは話にならない。舌を動かせ。私を楽しませろ」

「うぐ……」

美咲は怯えながら、男の命令に従って舌を動かした。先端のつるりとした舌触りと、変な味のする液体を何度も吐きそうになる。

「もっとしっかり動かせ。でないと、いつまで経《た》っても終わらないぞ」

浦沢は腰をゆっくりと前後に振りだす。

「んっ……ん……」

涙と鼻水が出た。しかし浦沢はそれを拭う暇も与えず、美咲に口唇奉仕を指導し続ける。

「手は筒の部分に添えろ。そして前後に撫でたり、袋の部分を時々揉むんだ」

美咲は、四つ這いで痺れている手を懸命に動かし、浦沢の命令に忠実に指を動かす。だが、不慣れな美咲はなかなか浦沢のツボを押さえることができない。

浦沢は苛立《いらだ》った。

「手を動かしているときに、舌を止めるな。もっと強弱をつけるんだ」

我慢できなくなった浦沢は、美咲の頭をがっちりと両手で摑んだ。

「私を楽しませないと、こうなる」

美咲の喉に向かって、浦沢は腰を突き立て始める。グポグポと、美咲の口から空気の抜ける音がした。

「んっんんっ、んっ」

いいように頭を揺すぶられて、美咲は目を白黒させた。肉棒が喉に突き刺さり、息がつまる。

「これはイラマチオ、無理に深くまで咥えさせる方法だ。苦しいだろう？」

浦沢は一気に美咲の口から巨根を抜き取る。咳き込みながら、少女は床に向かって嘔吐《おうと》した。

「しっかり奉仕しないとイラマチオでお前の口を犯す」

吐きすぎて痛くなった胃を押さえながら、美咲は唇を噛む。

何故ここまで酷いことができるのだろう。いくら憎んでいる相手の娘とは言え、ほんの二日前までは互いに会ったこともない相手だというのに。

美咲には浦沢が本物の鬼に、悪魔に見える。しかし始末に悪いのは、そんな相手に対して快感を感じてしまっていることだ。

「わかったら奉仕を再開しろ」

浦沢は美咲の唾で濡れた大砲を根元から摑むと、美咲に向かって差し出す。美咲は掌に爪を食い込ませながら、赤黒いモノに向かって唇を開いた。

「ん……」

美咲は両手を使って丁寧に浦沢を扱きはじめる。そして頭を前後に動かしながら、舌を毒茸のカリ部分に這わせた。

「そう、そうだ……やれば出来るじゃないか」

浦沢は腰から湧きだして来るような快感に深いため息をつく。相変わらず美咲のフェラチオは下手だったが、一心不乱に自分を高めようとする姿は見ていて心地がよかった。

「ココはどうなっている？」

浦沢は美咲の背中を伝って、貝殻の合わせ目に指を辿らせてみる。

「んんっ……んっ」

美咲は呻いて、腰を左右に揺する。浦沢は少女を簡単に押さえつけると、陰唇を指で開いて中を確認した。

「すごい濡れ様じゃないか、さっきより潤んでいる」

少女の成熟しきっていない割れ目から樹液が溢れていることを知ると、浦沢は邪悪に顔を綻《ほころ》ばせた。

「感じているな、もう入れてくださいといわんばかりに濡れているぞ」

「ううんっ、んっ」

美咲は口から剛直を抜いて、なにか言おうとした。だが浦沢が、片手で美咲の頭を押さえる。

「休むな」

「んん……」

美咲はうなだれながら、口唇愛撫を再開する。反論することすら認められていない。

「もうすっかり男を受け入れる体勢になっているようだが挿入はやめておいてやる。さっき約束したからな。そうだな、代わりに……」

花園から指を外すと、浦沢は周辺を見回す。

少し離れた柱の陰から、一人の使用人が食い入るようにこちらを見つめている。男の股間は、制服の上からでもハッキリと判るほどに勃起していた。

「ふふ、いいものを見つけた」

浦沢は美咲の耳を強く塞いだ。突然のことに美咲は戸惑ったが、奉仕を続ける。止めれば、あの苦しいイラマチオが待っているのかと思うと止めることができなかった。

「おい、そこのお前」

浦沢は隠れている使用人に声を掛けた。

「は、はい。なんの御用でしょうか？」

男はバツの悪そうな顔をしながら、浦沢の元に寄る。

「用事があるから呼んだんだ……お前、名前はなんという？」

「あ、青木です」

「青木くんは、クンニは得意か？」

「……はい？」

思ってもみない主人の問い掛けに、使用人は仰天する。

「どうなんだ、早く答えろ」

浦沢が苛立った声を出すと、男は慌てた。

「は、はい、得意な方だと思います」

「ハッキリしない返事だな……まあいい。美咲のアソコを舐めてみないか？」

「い、いいのですか？」

仕事をサボって少女の狂態を眺めていたことを叱られるのだと思っていた青木は、思わぬ展開に色めき立つ。

「早くやれ」

「はいっ、喜んでっ」

「但し、指を使ったり性器の挿入はするな。入れていいのは、お前の舌だけだ」

「了解しましたっ」

男はしゃがむと、美咲の閉じた陰唇に向かって長い舌を伸ばした。

「んんんっ!?」

耳を塞がれ、浦沢と使用人の会話を聞かされていなかった美咲は、突然の愛撫に驚く。自分の身に何が起こっているのかと振り返って見ようとするが、浦沢ががっちりと両手で耳を押さえているせいで振り向くことができない。

男の舌先は少女の扉をこじ開け、中を探るように蛇行する。美咲にとっては得体の知れない何かに、幼い割れ目は蹂躪《じゅうりん》され続けた。

「ん、んふっ」（なに……これ……）

美咲の身体は、自分の意思とは関係なく淫らにくねりだす。男の舐めは、それほど巧みで情熱的だった。

「張り切っているな」

ぴちゃぴちゃと激しい音に、浦沢は思わず口の端を上げる。たまたま目についただけの男だったが、案外大当たりの人材だったのかもしれない。

（私はなにをされているの……あうっ）「んんっ」

美咲の愛撫の手が緩む。全身に力が入らない。得体の知れない何かに、気持ちいい部分をすべて吸い上げられてゆくようだった。

「いい顔をする……」

思わず浦沢が呟いた。感じながらも必死になってペニスに吸いつく美咲の顔は愛らしい。

このままバックから欲望を打ちつけてしまいたいと思えるほど、煽情的でもあった。

「なに、調教は始まったばかりだ。なにも慌てることはない」

浦沢は高ぶった気持ちを静めようと、自分に言い聞かせる。もう自分は十代そこらの若者ではない。挿入などしなくとも、じっくりと女を嬲《なぶ》る術《すべ》は覚えたのだ。

「すげえ……酸っぱい汁が、どんどん溢れてくる……止まらないや……」

美咲を舐めていた男は感慨深げに唸ると、再び少女の肉門にむしゃぶりつく。男の顔面は、自分の唾液と美咲の果汁でベトベトに汚れていた。

「もっと音を立てて吸うことはできるか？」

そろそろ、美咲自身に自分がなにをされているのか教えたくなった浦沢は、青木に注文を出す。

「はい、こうですか？」

青木は唇を突き出すと、美咲のお汁をジュウッと吸う。

その音に満足した浦沢は、美咲の耳を塞いでいた両手を外した。

じゅるるっ、ぺちゃっ、ぐちゃっ。

少女の耳に、湿っぽい淫猥な音が響いた。何事かと、美咲は振り向こうとする。しかし浦沢は美咲の頭を摑み、後方を見せようとはしなかった。

「うむむっ、んっ、最高です浦沢さま。酸味が効いてて、いくら飲んでも飽きません」

「どうだ青木。スープの味は」

「んんっ!?」

二人の会話を聞いた美咲は、やっと自分が誰かに大切な部分を舐められていると気がつく。腰を引いて見知らぬ誰かの愛撫を避けようとしたが、四つ這い体勢では大して逃げられる筈もなかった。

「使用人の青木くんだ。クンニリングスが得意と言うから、美咲の愛撫を手伝ってもらっている」

浦沢は重量感のある少女の乳房を両手で揉みしだきながら言った。

（私……ずっと使用人の男性に舐められていたというの……？）

浦沢だけではなく、第三者にまで手を出されていた事実に美咲は衝撃を受ける。しかしその衝撃に反し、美咲の官能は着々と高まりつつあった。

「ん、んんっ」

使用人の熱心な愛撫は、少女の理性までも余す所なく舐め尽くしてゆく。

これ以上舐められると変になってしまう。もうやめさせてと、悲哀に満ちた視線で浦沢に訴えるが、浦沢はにんまりと笑うと愛らしい胸のポッチを指先で引っ張った。

美咲は自分の気をしっかりと保とうと、浦沢を両手でしっかりと掴んで頭を前後に振り立てた。


「お前は何も考えず、私にフェラをしていればいいんだ」

そんな事を言われても、気を抜けば、そのまま肉体がどこかに飛んでしまいそうになる。


「んんんんっ」

美咲の背中が反り返る。それと同時に、乳首が固くしこった。


「いいぞ……うう……ふっ」

浦沢は美咲のふくらみを揉みながら、気持ち良さに呻く。

「んっ、んんんんっ」

使用人の舌がクリトリスを転がす度に、そしてビラをしゃぶられるたびに、美咲はくぐもった切ない声を上げる。

「ううんんっ、んっ」

美咲はなんとかフェラチオに集中しようとする。でなければ、大きく口を開けて盛大に喘いでしまいそうだった。

「浦沢さま、上にある穴も舐めてみたいのですが……よろしいですか？」

使用人の視線が、美咲の肛門へと注がれる。

「ほう、自分からあの部分を舐めたいと申し出るとは。いいぞ、やってくれ」

「ありがとうございますっ」

使用人の舌が移動して、菊座の上を豪快に滑り出した。

美咲は、思いがけない場所への攻撃に目を見張る。

「ヴーっ、ヴヴヴっ」

少女はお尻を左右に振り、使用人を引き剝がそうとする。だが使用人は、蛭の如く美咲のアナルに吸いついて離れなかった。

「よかったな、なかなかそこまで舐めてくれる奴はいないぞ」

そう言って浦沢は大笑いするが、美咲にとっては笑い事ではない。汚物が出てくるところを舌で犯されるなんて。

(駄目、汚い所、舐めちゃ駄目っ)

美咲は胸の中で叫ぶが、使用人は更にせわしなく動いた。そしてこともあろうか排泄孔の中に、舌が侵入しはじめたのだ。

「ああっ、やめっ、ダメェっ」

美咲は口から男性器を抜くと、後ろに向かって叫ぶ。

「美咲っ」

浦沢は美咲の顔を、強引に正面へと向ける。そして恐れとも驚きともわからない感情に覆われた美しい顔に向かって、精液を発射した。

「やっ、いやああっ」

生臭い男のエキスを顔面に浴びて、美咲は絶叫する。ネバネバとした白い液体は美咲の目を潰し、髪にまとわりつき、清楚な顔を淫らに汚していった。

「うむっ、んっ、はああ……」

使用人の愛撫は、さらに激しさを増していた。舌を半分以上アナルに埋め込み、そして中でグネグネと動かす。

「やめてっ、イヤッ、あひっ」

目を閉ざした美咲は、無意識のうちに尻をグンと突き出した恰好になっていた。口では拒みながら、身体は使用人の舌がもたらす愉悦をもっと欲しがっていた。

「いい感じに出来上がってきたな、美咲」

浦沢は残った汁を美咲の頬になすりつけると、ズボンを上げて立ち上がる。そして使用人の横に並ぶようにして座った。

「どきましょうか?」

使用人は舌を抜き、浦沢に場所を譲ろうとする。だが浦沢は、それを止めた。

「いい。お前は愛撫を続けてくれ」

「はい」

使用人は再び、二つの丘の中心部に位置するホールに舌を埋め込む。

浦沢は下から手を入れると草むらをかき分け、美咲のクリトリスを軽いタッチで押しはじめた。

「あひっ、やっ、やあぁっ」

クリトリスとアナルの二極責めに、美咲は奇声を発する。急所を一気に責められ、少女のボルテージはいよいよ高まった。

「それにしてもお前、クンニがうまいな。思い切った舌使いがいい。これからも機会があれば呼んでやろう」

「あ、あひがとふごはいます」

使用人は舌を伸ばしたまま、雇用主に向かって礼を述べる。その顔は、少女を舌で凌辱できる喜びで輝いていた。

「……名残惜しいが仕事の時間が近づいてきたのでな、そろそろ終わらせる」

浦沢は肉の真珠を守っている薄皮を剝き、ダイレクトに急所への刺激を与えてゆく。

「あっ……あーっ」

声にならない悲鳴を上げて、美咲が狂う。

浦沢は休むことなく愛蜜にまみれたパールに振動を与え、軽く摘んだり押して擦ったりを繰り返した。青木も、それを見て更に舌をうねらせる。

浦沢と青木は、面白いほどに息が合っていた。

「やっ、いやあっ、イクゥッ、あっ……」

真夏の太陽のような光が、美咲の脳天を貫いた。その途端、美咲の裂け目から透明な液体が飛び出す。

「うぷっ」

サラサラとした液体を顔面に受け、使用人が驚いて身を引く。そして顔についた液体を、恐る恐る舐めた。

「これはおしっこじゃありませんよ、旦那さまっ」

「……潮か」

浦沢も驚き、スーツについた液体を指でとって眺めた。

「あ……ん……」

美咲はどさりと床に倒れ込むと、そのまま意識を失う。ヒクヒクと、秘部にあるトロ身だけは休むことなく痙攣を繰り返していた。

絶頂を極め、顔に男の精を受けた少女の肉体からは、妖しいまでの色香が漂っている。浦沢と使用人の股間が、再び屹立した。

「いいものを見せてもらったよ、美咲」

浦沢は美咲の顔にこびりついた精液を、ハンカチで拭ってやる。快感の海へと沈んでいった美咲の表情が、微かに微笑んだような気がした。

浦沢は裸の少女を抱き上げると、彼女の部屋へと歩きはじめる。

「私めが運ばせていただきます」

青木は顔についた蜜を袖で拭うと、浦沢の後について歩く。荷物運びは使用人としての仕事でもあったが、それ以上に少女に触れていたいという邪《よこしま》な思いが、青木にはあった。

「必要ない。ご苦労だった青木くん」

浦沢は素っ気なく青木を追い払う。そう言われては引き下がるしかない使用人は、悔しそうに二人の姿を見送った。

第四章　屈辱の産卵

「ん……んむっ……」

美咲は、椅子に座った浦沢の股間に顔を深く埋めていた。口の端から涎を垂らしながら、懸命に口腔による愛撫奉仕を繰り返す。

「むちゅ……あぷっ」

美咲は口からモノを取り出すと、両手で筒を扱く。そして袋部分にキスを浴びせると、再び口の中に怒張を含んだ。

「かなり上手になったな、美咲。ここへ来た頃とは比べ物にならないぞ」

浦沢は朝食のスープを飲みながら、ゆったりとした口調で言う。美咲は苦しそうに顔を歪めながらも、舌を巧みに動かして男を扱いていった。

美咲がこの屋敷に来てから、丁度二週間が経過していた。あれから毎日、浦沢の凌辱調教は休みなく続いている。中でもとりわけ辛い調教は『浣腸』だった。起床時間になると浦沢が部屋へとやってきて、大量の浣腸液を美咲の肛門に注入する。そして浦沢の見ている目の前で、洗面器に汚物を排出しなければならなかった。あまりに恥ずかしく、汚辱に満ちた強制排便。絶対に見られたくないと美咲は我慢するが腸を洗浄する薬の効力は絶大で、最後は浦沢に見られながら出すしかなかった。

それが終わると、朝食の席で浦沢に口唇奉仕をするように義務づけられている。『スペルマが出るまで休むことを許されない』という厳しい条件は、美咲のフェラチオ技術を短期間で向上させた。

(早く……早く出して……)

慣れることのない苦い男のエキスなど飲みたくはないが、出さないと屈辱的な奉仕を終えることができない。それに長い時間口を開け続けていると、顎も痛む。

「ん……むちゅ……」

美咲は浦沢を吐き出すと、舌先で尿道を割る。そして手で筒を扱いたり、縫い目部分を摩ったりと的確に刺激を与えていた。

「たまらないという顔で舐めるな」

浦沢がゆで卵を齧《かじ》りながら言った。

（そんな……そんなこと、ないわ……）

美咲は心の中で否定するが、フェラチオをしているだけで子宮の周辺が熱くなるのは本当だった。

それは感じているのではなく、恥ずかしくて身体が火照ってしまうのだと美咲は思っている。けれども、心の何処かが妖しい気持ちになってしまうのは説明がつかない。

「おはようございます、旦那さま」

青木が、爽やかな笑顔で大広間へ入って来た。この男は最近、朝の奉仕の時間になると『クンニリングスが必要じゃないか』と言わんばかりに、美咲や浦沢の周囲を無駄に徘徊《はいかい》するようになった。

「おはよう。いい所に来たな、今日も美咲を舐めてやってくれ」

「かしこまりました」

淫らな悦びに緩む顔をお辞儀で隠し、使用人は美咲の後ろへと腰を下ろす。

（やめ……て……）

美咲は両足をぴっちりと閉じ、意味のない抵抗を試みる。だが青木は易々と美咲に足を開かせ、パンティーを下げた。

「お嬢さま、下着が少々汚れておいでですよ。これはなんの汚れでしょうかねえ？」

使用人はパンティーのあて布の部分に鼻を近づけて、ネチネチと嫌味を言う。

「ほう、どう汚れている？」

浦沢は頬杖をつきながら、青木に先を促す。クンニが巧く、言葉による虐げ方も心得ている青木を、浦沢は調教道具の一つとして気に入り始めていた。

「おしっこを漏らしたみたいに濡れております。でもおしっこじゃなさそうですね、黄色くありませんから」

「では、それはなんだろうな」

「なんでございましょう」

男たちは美咲を言葉で苛《いじ》めた。

耳を塞ぎたかったが、両手を肉棒から外せば、浦沢から叱られてしまう。

「ん……」

美咲は耳を塞ぐ代わりに、奉仕行為に没頭する。それに集中することで、周囲の雑音を頭から追い出そうとした。

だが二人はまだ、少女に対して三文芝居を続ける。

「青木くん、その液体を舐めてみてくれないかね。そしてその正体を確かめるんだ」

「かしこまりました」

青木は美咲のパンティーに舌を伸ばし、下着に小さな染みを作っている液体を舐める。そして味わうように、口を開閉させた。

「旦那さま、これは愛液でございますよ」

「なんと。美咲は私を舐めながら、感じていたのだな」

美咲は、針のムシロの上で正座をさせられている気分だった。秘部を触られなくても、浦沢を舐めているだけで最近は濡れてしまう。跪き、浦沢の逸物をしゃぶっていると、ひどく淫らな気分に陥ってゆくのだ。

そんな自分が恥ずかしい。

(お願い……もう言わないで……)

美咲は細い眉毛をハの字にしながら、舌先で浦沢のプラムを舐め回した。

「それでは、お嬢さまを舐めさせていただきます」

青木は自慢の舌を伸ばしながら、少女の赤い割れ目へと顔を近づける。

「しっかり舐めてやってくれ。特に尻の穴を念入りにな。そこは美咲のお気に入りなんだ」

浦沢は青木に命令すると、自分は深く椅子に座って美咲の尺八を悠々と眺める。

(気に入ってなんかいないわ……酷い……こんなの、酷すぎる……)

美咲は目を閉じ、長い睫毛《まつげ》を震わせながら奉仕を続ける。しかし、『酷い』と思いながらも、この青木という使用人のせいで美咲は後ろの孔でも舐められれば、ある程度感じてしまう身体になっていた。

（お父さん……お母さん……和雄、助けて……）

美咲は何度、家族に助けを求めた事だろう。だがその度に美咲の心を支配するのは、やはり母親のひどい叱責だった。『汚れているわ。貴方のなにもかもが汚れている』

今日も胸の中にいる母は凍てつく言葉で、口唇愛撫している娘を叱りつけている。

（私が悪い子だから、浦沢さんからこんな罰を受けるの？　美咲は悪い子なの？）

美咲は答えのない問い掛けを、自分にぶつける。そうしている間にも、使用人は浦沢に言われた通りに後孔に舌を挿入し、穴を広げるかのように舐め回していた。

「んっんっ、んっ」

美咲は咥えたまま、身体をわななかせる。

「相変わらず、素晴らしいクンニをするな」

浦沢は使用人を見ながら、感心しつつも呆《あき》れたように言った。

「身に余る光栄です」

「今日は趣向を変えた遊びをしてみるか」

浦沢は小さめのゆで卵を摑むと、殻を慎重に取り除く。そうしてから、美咲を股間から引き剝がした。

「ううっ、はぁ……」

急に口から異物を取り除かれた美咲は、咳き込みながら肩で息をする。その間に浦沢は、美咲の後ろへと回り込んだ。

「ご苦労だった。次は私に場所を空けてくれないか」

「はい」

青木は素早くその場を浦沢に譲る。浦沢はそこにしゃがむと、青木の舌で荒らされ濡れそぼった美咲の後門に、剝きたての温かなゆで卵を挿入した。

つるんとした卵は、使用人の唾液の力を借りながら、まるで吸い込まれるように美咲の中へ入ってゆく。

「ひゃあぁっ」

美咲は飛び上がって驚き、腸に感じる不快な違和感に顔を歪めた。

「なに、なにをしたのですっ」

美咲は振り返って浦沢を問い詰めるが、浦沢は答えず、美咲の太股を抱き上げると、そのまま椅子へと座った。

「いや……やめてくださいっ」

美咲は幼い子供が親におしっこをさせてもらっているような恰好になっていた。大事な赤身が、奥まで丸見えになっている。恥ずかしさのあまり、美咲は両手で顔を隠した。

「エッチな……すごくエッチな恰好ですよ、お嬢さま」

青木は、あられもない恰好になっている美咲に視線が釘付けとなっていた。楚々《そそ》とした美少女が、強制的に秘密の部分を晒されて羞恥に打ち震える姿に、使用人の股間は元気に立ち上がる。

「いやぁ……やめて、降ろしてぇ……」

「降ろして欲しければ、お尻の穴に入った卵をひりだせ」

「た、卵……」

自分の内側に卵を押し込められたと判った美咲は青ざめる。この違和感が、まさか食べ物だとは想像できなかった。

「産卵してみろ、美咲」

浦沢は更に高く、美咲を抱え上げる。恥肉がますます割れ、包み隠さず美咲の内部を外気に晒した。

「そ、そんな……」

「できないと言うのか。出来なければ、お前を病院に連れていかないといけなくなる。医者の手を借りて、卵を生み出すか？」

浦沢は顔を歪めて笑った。

「医者は驚くだろうな。ケツからゆで卵が出てきたとあっては、どんなプレイをしたのかと想像されるぞ。卵を抜いた後、興奮した医者に別のモノを入れられるかもしれないな」

浦沢は美咲に不快な想像を喚起させる。『ここで出さないと、もっと恥をかかせるぞ』と美咲を脅迫しているのだ。

「酷い……どうしてそんなことを……」

「どうするかは美咲が決めろ。ここでひりだすか、病院で笑い者、もしくは慰み物になるか」

あまりに卑劣な脅しだったが、手も足もでない美咲は従うしかない。

「ここで……出します……」

「ならば早くしろ」

浦沢は急かすために、美咲の身体を揺すった。

「くう……んっ……」

美咲は顔を紅潮させながら、下腹部に力を入れはじめる。お腹の中で、卵が徐々に下へと移動し始めるのが判った。

「おおっ、卵の頭が出てきましたよ、すごい光景ですっ」

少女の肛門から頭を出しはじめた卵を見て、青木は興奮する。放射線状の皺が走っている中心部から、真っ白の卵が出てくるシュールな光景は、青木の性欲をかき立てた。

「ああ……嫌……見ないで……お願い」

美咲は力を入れながら、使用人に向かって懇願する。

「そんな事を言われましてもねえ……」

使用人は卑屈な笑みを、美咲にではなく浦沢に向ける。自分は人として認められていない……美咲は悔し涙を飲んだ。

「あれ、卵の動きが止まったみたいですね。これ以上出てきませんよ？」

青木が実況を再開する。

美咲は怒りを感じながら、更にお腹に力を入れた。だが卵は頭を見せただけで、それ以上は出てこない。

「どうした美咲、出せないのか？」

「ううっ……あうっ」

美咲は眉根を寄せながらも、必死になって気張った。しかし卵は肛孔をいっぱいに広げながらも、それ以上出ようとはしない。普段、排泄物以上に大きいものを出す機会がない美咲には、これが限度だった。

「おいおい、病院へ行く気か？」

浦沢は美咲を焦《あせ》らせる。少女は汗を流しながら息を止めて、更に下腹部に力を入れた。

（や……出ない……どうしよう……）

美咲は慌てる。病院で肛門に器具を突っ込まれ、卵を取り出されている自分を想像しただけで、目眩がした。

「うっ……ううっ……」

とうとう、美咲は嗚咽を漏らした。泣いても卵は出てこないと判っていたが、恥ずかしすぎる状況に泣くしかなかった。

「しょうがないな、手助けしてやろう」

もっと美咲を泣かせて苛めてやりたかったが、浦沢は仕上げにかかった。この後も美咲を調教するスケジュールはびっしりと組んである。ここでばかり時間を割いてはいられない。

「青木くん、手伝ってやってくれ」

「はい、でもどうすればよろしいでしょうか……吸いますか？」

青木は浦沢から、『美咲に触れていいのは舌だけ』と制限されていた。しかし舌だけを使って卵を出すことは不可能に近い。

「ふむ、吸うのもいいが……今日だけは特別に指を使うことを許す。美咲の膣に指を入れて腸を圧迫してくれ」

「いいのですか？」

青木の目が垂れ下がった。舌戯が好きだと言っても、やはり美咲のような極上のタマには直に触れてみたい。

「早くしろ」

「で、では、遠慮なく……」

使用人は指を一本突き出すと、美咲の濡れた孔に向かって進めてゆく。

「い、いやあっ、やめてっ、来ないでくださいっ」

美咲は足をバタバタさせるが、浦沢のがっしりとした腕からは逃れることができない。そうしているうちに、青木の指が茂みに触れた。

「あううっ」

美咲は白い喉を見せた。男の指は進むのを止めない。やがて指はふっくらと盛り上がった肉の丘を割り、花びらをかき分け、襞のある路へと滑り込んでいった。

（あ……入ってくる……ダメ……ううっ）

浦沢に抱かれるこの体勢は、美咲からもハッキリと自分の中心部を見て取れる。美咲は青木の指を受け入れてしまった己の陰唇を、怯えながらも眺めていた。

「すっかり濡れていましたから、スムーズに入りましたよ。奥のほうまでグチャグチャです」

指を根元まで入れた使用人は、喜々として説明する。明らかに、浦沢のご機嫌を取ろうとしての台詞《せりふ》だった。

「嬉しいぞ、美咲。こんなに濡らして私を感じているのだな」

浦沢は美咲の髪に顔を埋めて、芳しい少女の芳香をいっぱいに吸い込みながら言った。

「感じて……なんか……」

美咲はそう言ったが、その言葉は説得力に欠けていた。なんと言おうとも、実際に少女の孔は潤っていたのだ。

美咲は、口を噤《つぐ》んで顔を手で隠し続けた。

「それでは、卵を押しますよ」

使用人の指が、探るように美咲の中で動く。

「ひっ、やっ、いやあっ」

美咲の爪先が反り返る。ただ指を中に入れて動かされているのとは違い、襞をこれでもかと押されながら探るように動く指は、一層不快なものがあった。

「やめてっ、やめて、いやあっ」

「暴れないでください、卵の位置が判らなくなります」

「そうだぞ美咲。青木に協力しながら、しっかり息まないと、卵を出せないんだぞ」

浦沢は美咲に言い聞かせながらも、顔が緩んでいた。快感と苦痛の瀬戸際で悶える少女の、なんと美しいことか。芸術と言っても過言ではない。

「……ありました、卵の位置を指で確認しましたっ」

膣壁越しに、ぽっこりと膨れている卵を指先に見つけると、青木はその部分をグッと押す。

「あーっ、ああっ」

卵が出てくるのが、美咲にも判った。それは排泄する感触に酷似してて、目眩がするほど恥ずかしい。美咲の力が緩んだ。

「休んでいる暇なんかないぞ」

浦沢の目は誤魔化せなかった。美咲が力を入れていないことに目ざとく気づき、厳しい声で指摘する。

「だって……無理……あぐっ……無理です……」

「何が無理なんだ？」

「こんなの出せない……恥ずかし……ああっ」

「毎朝、私の前で排泄しているくせに、なにが恥ずかしいというのだ」

「い、言わないで……」

「病院へ行く気か？」

「ああ……イヤ……それもイヤ……」

美咲は自分でもどうしていいのか判断できない。がっくりと肩を落とし、指が襞を擦る度に反射的な痙攣を繰り返していた。

「出せ、美咲」

この二週間、美咲を犯しつづけてきた。しかしこれだけ肉体を貫かれ、淫快の地獄に落とされても、まだ恥じらいが残っている美咲が愛しい。

浦沢は美咲の愛らしい唇を吸った。

「んっ……」

美咲は、浦沢にキスをされるがままとなる。まるで挿入されているかのような快感が、子宮に迫り上がってきた。

「大丈夫だ美咲、少し腹に力を入れるだけでいい。そうすれば、すぐに終わる」

長い口づけが終わると、浦沢は優しく美咲に言って聞かせる。

「でも……うっ……はず、恥ずかしいの……」

「病院の先生に見られるより、私に見られた方がいいだろう」

美咲は、働かない頭で考えた。そう言われれば、そんな気もする。

「さあ、早く卵を出してしまおう。そうすれば、すぐに終わる」

「は、はい……ヒンッ」

美咲は惚けた表情で浦沢に向かって頷くと、下腹部に力を入れた。

「ふうっ……んっ、んんっ」

「おっ、出てきましたよ」

卵の白い身が少女の肛門から徐々に大きく出てくると、青木の指にも力が入る。ぬめる膣中で男は器用に指を動かし、少女の産卵を促した。

その瞬間が近づいていることを美咲は知り、羞恥の渦の中に美咲は身を委ねる。

「あああっ、出るっ、出るぅっ」

美咲に、排出の瞬間が訪れた。

「あっ」

ポンッという間の抜けた音がして、ゆで卵が床に落ちる。卵は、クルクルと回りながら青木の目の前で止まった。

「おめでとうございます、お嬢さま」

もっと指の挿入を楽しんでいたかった青木は、名残惜しそうに美咲から指を引き抜く。そして少女の蜜を、美味しそうに舐めた。

「はぁ……はぁ……」

美咲は天井を見つめ、何も言わない。というより、何も考えられなかった。

「お尻の穴が広がってますね」

指を舐め終えた青木は、美咲を覗き込む。

少女の肛門は卵の大きさにぽっかりと広がり、緩やかに開閉していっているところだった。

「あふ……」

美咲は気の抜けた呼吸で返事を返す。卵ではあったが、排泄という恥ずかしい行為を浦沢だけでなく青木にも見られ、言いようのない虚無感を感じていた。

「よくやったな、美咲。偉いぞ」

浦沢は美咲の身体を降ろすと、自分の方に向けさせて胸の中に抱きしめる。

「うう……あう……あうう……」

浦沢の胸の暖かさに、少女の瞳から涙が流れる。褒められた事が、何故か無性に嬉しかった。

浦沢は使用人に、温かいおしぼりと美咲の下着を持ってこさせる。

「清めてやろう」

浦沢はおしぼりで美咲の濡れた割れ目や、唾液で汚れた肛門を丁寧に拭き取り、新しいパンティーを履かせた。

まるで幼い子供のように、美咲は泣きながら浦沢の世話を黙って受ける。

最後に浦沢は涙に濡れた美咲の顔を新しいおしぼりで拭うと、少女の手を取った。

「これでいい。さあ、一緒に私の会社へ行こう」

あまりに意外な言葉に、美咲の涙は止まる。

「かい……しゃ？」

「ああ、会社だ」

浦沢は美咲の手を取ると、返事を待たずに屋敷の駐車場へと歩きだす。

「いってらっしゃいませ」

青木は二人を見送った後、美咲の局部を拭き取ったおしぼりに鼻を近づける。おしぼりからは、濃厚な牝の香りが漂っていた。

周囲を見回すと、青木はそれをポケットに忍ばせる。これを嗅ぎながらオナニーをすれば一日で何度イケるだろうかと、青木は期待に胸を膨らませた。

第五章　淫獣たちの宴

専属の運転手がハンドルを握る車の中で、少女は膨れ上がる不安と戦っていた。まさか浦沢が、自分の経営する会社へ連れてゆくとは。当然、美咲は心の準備など出来ていない。

「そんなに怯えるな、美咲」

横に座っていた浦沢は、小動物のようにビクビクしている美咲を見て笑う。

「どうして、私を会社に……？」

「私の愛すべき奴隷を、会社の人間に見せてやりたくなってね」

「ど……」

愕然とする美咲に向かって、浦沢は肩を揺らして笑った。

「いや、むしろペットと言うべきか。愛玩動物という表現が、お前にはよく似合う」

「…………」

一人の女性として扱われないことに美咲はいたたまれなくなり、窓の外の流れる景色に目を向ける。初めて会った日、浦沢に大人の男の魅力を感じていた自分が腹立たしかった。

「ペットには、やはりこれが必要だな。忘れる所だった」

浦沢は黒のアタッシュケースから、鎖の付いた首輪を取り出す。そして美咲の首に、それを巻こうとした。

「イヤッ、それは嫌ですっ」

美咲は両手で突っぱねて、浦沢を拒んだ。この首輪を巻かれると、人間としての尊厳が根本から壊れてしまいそうになる。

だが、男の力に細身の少女が敵《かな》うわけがなかった。押さえ込まれ、あっと言う間に首に黒い革のベルトが巻かれ、美咲は犬となる。

「イヤ……なのに……」

美咲は俯くと、肩を震わせて泣いた。その横では、浦沢が満足そうな顔をして前を見ている。少女が見せる絶望の表情は、浦沢にとって法外な悦びだった。

やがて前方に、巨大なビルが見えた。そこがウラサワグループの本社ビルであり、浦沢がビジネスの手腕を振るう最大のステージだった。

「降りるぞ」

地下の駐車場で車が止まると、浦沢が鎖を引いた。

「こ、こんな恰好でなんか、出られませんっ」

浦沢の縄張りの中とはいえ、ここはれっきとした『外』なのだ。屋敷の中とは訳が違う。

見知らぬ他人にこの姿を曝し、蔑まれる恐怖が美咲の足を竦ませた。

「抵抗は許さない」

浦沢はいつものように、美咲の鎖を強引に引く。少女の身体は折れながら、車の外へと引きずり出された。

駐車場の管理人や、同じく車で出勤してきた社員たちが、何事かと美咲を見る。

美咲は慌てて立ち上がると、服の襟を立てて首輪を隠した。だが、そこから伸びる鎖は隠しようがない。

「おはようございます」

皆が一斉に浦沢に向かって頭を下げるが、視線は明らかに少女に向けられていた。どうしてこんな美少女が社長と一緒にいるのか、そして何故、鎖で繋がれているのか……好奇の眼《まな》差《ざ》しは美咲の全身を貫く。

「おはよう」

浦沢は堂々とした態度で、周囲の者に挨拶を返す。そして美咲の鎖を引きながら、エレベーターへと向かった。

（は、恥ずかしい……誰か助けて……）

美咲は小さくなりながら、口を開けて見ている男たちに目線で訴える。だが誰一人として、この異常な光景を社長に向かって意見する者はいなかった。

近くにいた社員が、最上階へ直通している社長専用エレベーターの開閉ボタンを押す。

「ど、どうぞ」

「すまないね」

浦沢は頷くと、美咲を引き連れてエレベーターに乗った。

（よかった……）

美咲はホッとした。エレベーターに乗ってしまえば、他の人間に自分の恥ずかしい恰好を見られなくて済む。二人が乗ったエレベーターは、静かに最上階へと向かった。

最上階のフロアすべては『代表取締役業務執行室』……つまり、浦沢だけの社長室となっていた。

「こっちだ」

浦沢は美咲を伴って最上階でエレベーターを降りる。降りてすぐ、短い廊下が奥へと続いていた。

床も壁も黒い色をした廊下は、洞窟のように陰気臭い雰囲気が漂っていた。そこを進むと廊下の突き当たりには扉があり、その横には電卓のような機械が備えつけられていた。

「暗証番号と指紋認証で、ここの扉は開く仕組みになっている」

説明しながら、浦沢は素早く暗証番号を押し、人指し指を機械に付ける。カチンと、扉のロックが外れる音がした。

「入れ」

浦沢に背中を押され中に入ると、そこは眩しく、どこまでも白い世界が広がっていた。

美咲は目を細めて、目の前に広がる光景を眺める。

部屋はデスクもソファーもなにもかもが白で、大きな窓から差し込む太陽の光が室内で反射し、目が痛いほど眩しい。至る所に飾られている百合の花が、甘い芳香を放っていた。

「好きな場所に座って待っていろ」

浦沢は机に鎖の端を固定すると、奥にある部屋へと消える。

一人になった美咲は、むせかえるほど百合の香りに包まれた白の部屋を見回した。

「これ……」

机に飾られていた写真を見て、美咲は驚く。そこには、美咲の写真が飾られていた。

「私……？」

しかし良く見ると写真は黄ばみ、どことなく古い印象がある。白いフレームに入った写真を手に取ると、美咲は写真の中の自分を、穴が開くほど見つめた。

「これ、私じゃない……お母さん？」

自分だと思っていた女性は、母、美春の若い頃の姿だった。写真の美春はセーラー服を着ていて、満開の桜の木の下で黒い筒を持って笑っている。年齢から推測して、恐らく高校の卒業式ではないかと思われた。

（……浦沢さん、こんな昔の写真を大事に飾っているんだ……）

そっとフレームを元の位置に戻すと、美咲は部屋の中を見回す。壁も、床も、カーテンも、なにもかもが隙がなく白い部屋。

（そういえば白は……お母さんの好きな色……だった……）

美春は白が好きで、美咲の服から家具に至るまで必ず白を選んでいた。中学生に上がるころ、美咲は『白ばかりは嫌』と反抗した時期があったが、母は『白は清純を表す色よ。私は昔から白が好きなの』と、頑に白を娘に押しつけた。

そんな事を言われても、いろいろとオシャレを楽しみたい年頃の美咲は納得できなかったが、それでも美春は白を通すよう娘に強制した。

白い部屋に、百合の香り。

（まさかこの部屋は……お母さんの好みに合わせて作られている……？）

そんな考えが、美咲の頭を過《よぎ》る。

「待たせたな」

浦沢が、手に白い布を持って現れた。美咲は振り返り、ジッと浦沢の顔を見た。

「どうした？」

「いいえ……なんでもありません」

どうして復讐を考えるほど憎んでいる女性が好きだった色と花で、この部屋は埋め尽くされているのですか？

……美咲は喉まで出かかった質問を、どうにか飲み込む。

黙り込んでしまった少女をしばらく見つめていた浦沢だったが、やがて美咲に白い布を渡した。

「なんですか……？」

「これに着替えるんだ」

広げてみると、薄く白いシュミーズと紫色のパンティーだった。美咲は汚いものにでも触れたかのように、その二つを投げ出す。

「なっ、なんですかこれ……」

「見ればわかるだろう。いま着ている服を脱ぎ、これだけを身につけろ」

浦沢はそれを拾うと、もう一度美咲に差し出す。しかし美咲はかぶりを振って、受け取ろうとしなかった。

「そんな……こんなの……」

「もう時間がない」

浦沢は腕時計を見ながら、戸惑う美咲に苛立つ。だからと言って『はいそうですか』と透けた服を着る勇気など、美咲にはなかった。

「これを着て、なにをさせるつもりですか？」

「車の中で、既に話したと思うが？」

そう言い返され、美咲は車中での浦沢との会話を思い出してみる。『私の愛すべき奴隷を、会社の人間に見せてやりたくなってね』と、浦沢は言っていた。途中で奴隷やペットと言われて、辛くなって会話を中断してしまったが、あの言葉を考えてみるならば……。

「会社の人達に……私を……」

裸同然の恰好にさせられ、他人に披露されようとしていると気がついた美咲は愕然とする。

しかし、浦沢は平然と言った。

「そうだ。今日は大事な会議があってな、そこへ美咲も出席してもらう」

「や、やめてください……そんな恐ろしいことをするのは……」

「恐ろしいことはないさ。きっと美咲を見た者は私を羨ましがるだろう、こんなに美しいペットを飼っている私をね」

「いやあっ」

美咲は瞬発的に、扉に向かって走りだす。けれども戒めている鎖が伸び、美咲の行動を制限した。

「ううっ、いや、いやですっ、そんなこと、いやあっ」

「諦めろ、美咲。私の命令は絶対だ」

「いやあっ」

尚も暴れる美咲の上に乗ると、浦沢は手早く少女の衣服を剝いでゆく。

美咲の服が横に小さな山を作るころ、少女は裸体となって床で丸まっていた。浦沢は服の塊を遠くのくず箱に投げ捨てると、泣いている少女の足元にシュミーズとパンティーを落とす。

「裸で会議室に向かうのか、それともこれを着るのか……よく考えろ」

美咲は泣きながら上半身を起こす。朝から泣き続けたせいで、瞼が痛く腫れてしまっていた。

「うう……」

美咲は手の甲で涙を拭き取ると、淫らな服を身につけてゆく。シュミーズは乳房の形や乳首の色までもが透けてしまい、パンティーは辛うじて前の茂みを隠す程度の布しかなく、尻の部分に至っては紐のみだった。

「いい判断だ」

浦沢は薄く笑った。少しでも自分の女体が隠れるようにと美咲は身につける事を選んだのだろうが、ほとんど透明なシュミーズと、申し訳程度にしか局部を隠してくれないパンティーは、着ているほうが淫らに見える。

「二階下の会議室へ向かうぞ」

美咲の腕を取ると、浦沢は再びエレベーターへと向かう。

(お母さん……)

美咲は浦沢に引きずられるようにして歩きながら、机の上で微笑んでいる若い母を見た。

浦沢は役員会議室と書かれた部屋の扉を開けた。

「ここだ」

浦沢は、美咲を引きながら中へと入る。巨大な円卓が中央に設《しつら》えられた会議室には誰もおらず、美咲は少しだけ肩の力が抜けた。

浦沢は会議室の上座付近に美咲を連れてゆくと椅子に座らせ、ホワイトボードの横にある女神の彫刻像に鎖を繋げる。

「ここで待っていろ、私は資料を取りに行ってくる」

浦沢は美咲を残し、会議室から出ていこうとした。

「ひっ、一人にしないでくださいっ」

美咲は追いすがる。こんな場所で、こんな恰好のまま取り残されてはたまらない。

「いいから待っていろ」

泣きつく美咲を冷たくあしらうと、浦沢はさっさと会議室から出てゆく。

「そんな……」

ポツンと置き去りにされた美咲は、頼りない自分の身体を肩から抱き、椅子の上にうずくまる。

会議室は快適な温度に保たれていたが、美咲の肌は粟立ち、震えが止まらない。

(早く帰ってきて……浦沢さん……)

一人取り残された恐怖から憎いはずの男を求めている自分に気がつかないまま、美咲は背中を丸めて浦沢の帰りを今か今かと待つ。

「失礼します」

突然、扉が開いた。

顔を上げると一人の男性が、驚いた表情で美咲を見たまま立ちつくしていた。

「あ……」

美咲は、隠れる場所がないか周囲を慌てて見回す。だが、背の高い机の下では意味はないし、ホワイトボードもトまでボード部分がある訳ではなく、彫刻像の後ろは人が入れるほどのスペースはない。

美咲の逃避する場所は、どこにも用意されていなかった。

（ああ……助けて……浦沢さん……）

美咲は両手で身体を隠しながら、ガタガタと震えた。

「失礼しま……」

硬直している男の後ろから、他の男たちが次々と入ってきた。ところが美咲を見て一瞬驚きはするが、すぐに目尻を下げ、円卓の席へと着く。『今までで一番上玉じゃないか』『しかし若そうですな。ひょっとすると未成年なのでは？』『いつもながら社長は良い趣味をしている』『これは会議終わりが楽しみだ』『まったくです。今日はなにを見せてくれることやら』

男たちは遠目に美咲を眺めながらヒソヒソと囁き合う。美咲は身の置場もなく、俯いて恥ずかしい恰好を少しでも見られないことに注意を傾けていた。

「諸君、待たせてすまなかった」

浦沢が悠々とした態度で、会議室へとやってきた。男たちは一斉に立ち上がると、腰を直角近くまで曲げて『お疲れさまです』と声を揃える。

「では定例会議を始める。まずは各部署の経過報告から聞こうか」

浦沢は美咲の横に座ると書類を広げ、会議を開始を宣言する。先に少女についての説明があるものだと思っていた重役たちは、互いの顔を見合わせた。

「どうした、始めないのか」

浦沢は長い足を組んで、端にいた男を睨む。

「は、はい。では情報管理部門からの報告を始めさせていただきます」

男はしどろもどろになりながら、報告をはじめる。

皆は真剣な素振りで書類に目を落としてはいたが、意識は美咲に向いていた。誰もが美咲を気にしている癖に、誰も浦沢に言及しない。

(こんなに人がいるのに……誰も助けてくれないの……?)

駐車場やエレベーター内で感じた口惜しさを、美咲はこの会議室でも味わう。

常識的な人間であれば、裸同然の恰好でいる美咲について、浦沢に尋ねるであろう。そして一言でも苦言を呈してしかるべきではないか。だがここにいる男たちは誰も、浦沢を問い詰めたりはしない。

「……ご苦労。では次」

浦沢は平然と報告に耳を傾けては、時々、意見を挟んでいる。淡々と経過してゆく重役会議の中で、美咲だけが異質だった。

(早く……終わって……)

ビジネスの話が進む中、美咲はひたすらに会議の終結を待ち望む。

会議が進行してゆくにつれ、次第に男たちは堂々と美咲を見るようになった。性的な視線を無遠慮にぶつけたり、軽蔑の眼差しを遠くから少女に向ける。

(私だって……好きでこんな姿になっているんじゃないのに……)

美咲は涙を堪える。視線の慰み物になるのは、あまりに辛かった。

「問題点は幾つか残っているが、概《おおむ》ね順調だな」

報告が一巡し、浦沢が書類を揃える。

これでやっと屈辱的な時間が終わると、美咲は心の底から安心した。

「さて、定例会議は以上で終了だが……ここにいる女性が何者なのか、諸君は知りたいのではないかね？」

浦沢はニヤリと笑うと、男たちに問いかける。美咲は、椅子から転げ落ちそうになった。

「ええ……まあ……」

「まあ……その……」

重役たちはニヤニヤしながら言葉を濁す。期待していた美少女についての情報が聞けると、顔を緩ませていた。

「彼女の名前は山崎美咲。私の、ほとんど血のつながっていない遠い遠い親戚だ。美咲、皆に挨拶を」

浦沢は少女を立たせる。美咲の膝は、みっともないほどに震えていた。

「山崎み、美咲です……初めまして……」

美咲は詰まりながらも、なんとか挨拶をして頭を下げる。だが両手で前面を隠していたせいで、その姿は滑稽だった。

「そうでしたか」

「いやいや、綺麗なお嬢さんですな」

口々に美咲を褒める。露骨に下心が含まれた男たちの口調に、美咲は吐き気を覚えた。

「そう、美しいだろう。なにせ、これからずっと可愛がってゆく大切な私のペットだからな」

浦沢は自信に溢れた声で、部下たちに言い放った。

まさか本当に、『ペット』呼ばわりされるとは思わなかった美咲は、怒りと羞恥に震える。

けれども、もうここまで浦沢の異常さに気がつけば、誰かが異論を唱えてくれるに違いない。美咲は期待を込めて、顔を上げる。

だが、少女が見た光景は……。

「それは素晴らしい」

「こんな美少女を飼われているとは……流石《さすが》です」

誰もが、浦沢を褒めた。

素晴らしいことだと、称賛した。

驚く者や、嫌悪感を表す者は……会議室の中に、ただの一人もいなかった。

「あ……あ……」

美咲はフラフラと後ずさると、糸の切れた人形のように脱力しながら椅子へと座った。

（この人達……全員……狂ってる……）

ここには浦沢を肯定する人間しかいなかった。改めて、美咲は自分に味方がいない事に気づく。敵しか、いないのだ。

「皆に気に入ってもらえてよかったな、美咲」

浦沢はネクタイを緩めると、美咲の両肩に手を置く。美咲は白くなった。

硬直して動けない少女の肩に掛かっている髪をそっと背中に流すと、浦沢はシュミーズの肩紐を解いた。呆気《あっけ》なく、シュミーズが腰まで落ちる。

美咲は大勢の男の前で、その弾力に溢れた胸をさらけ出した。

「あ……いやっ」

咄嗟に美咲は胸を庇《かば》うが、両手で隠した胸は寄せられ魅惑の谷を作る。男たちの視線はそこへ集中した。

「ほほう、大きくてプルプルな胸ですな」

「幼い顔をしていながら、いやなかなかグラマラスな」

「そのアンバランスさがソソりますね」

好き勝手なことを、好きなように口にする男たち。

「そう、美咲は胸が大きな子でね。もっと見てやってくれ」

浦沢は自慢しながら、美咲の両手首を摑んで広げる。少女の豊かで形のいい果実が、惜しげもなく獣一歩手前の男たちの眼前にさらされた。

「ああ……見ないで……」

うなだれる美咲の腰から、シュミーズが抜け落ちる。男たちのテンションが更に高揚し、会議室内は熱気に包まれ始めていた。

「おお……」

「これはまた……大胆な下着ですな」

ほとんどが紐でできたパンティーに、周囲を囲む人間の視線が釘付けとなる。紐は少女の柔らかな肌に食い込んでいて、更に官能度を上げていた。

「浦沢さん、手を……手を離してください……」

「いいじゃないか、もっとお前の姿を見てもらおう。お前も見られた方が、感じるんじゃないのか？」

「感じるわけ……」

ない、という語尾の言葉を、美咲は飲み込む。少女の胸は、早くもツンと天井を向いて突き出していた。

(感じてない……感じてなんか……)

美咲は自分に言い聞かせるが、いくつもの視線が白い肌を愛撫し、くすぐっていた。

死にたいほど恥ずかしい。恥ずかしいのに、でも、この気持ちは何なのだろう。

「はあ……」

思わず美咲は、熱いため息を漏らす。浦沢は後ろでニヤリと笑った。

「そろそろ始めるとするか」

浦沢は足元に置いてあった黒いバッグを開けると、中から透明の液体で満たされた瓶を取り出した。そして蓋を開けると、中身の液体を美咲の背中に注ぎはじめる。

「つめ……たい……」

ひんやりとした感触に、美咲は強張る。とろみのある謎の液体は、美咲の背中の真ん中の溝を伝い、臀部の割れ目へと流れていった。

「これは潤滑油。遠い昔に、海外から取り寄せた品物だ」

瓶の中の液体がすっかりなくなると、浦沢は瓶を床に置く。そして鞄を掴むと、中身を机の上にぶちまけた。

それを見た男たちのざわめきが、会議室に広がる。浦沢がまき散らしたものは、全て未使用のコンドームだった。

美咲は息を飲む。いくら無知な少女でも、コンドームの意味するものを知っていた。

「ショータイムだ」

浦沢はズボンのチャックを開けると、中から怒張を取り出す。そして美咲の尻窪みをかろうじて覆っている紐を横に寄せると、なんの前触れもなく後ろから菊座にミサイルを打ち込んだ。

「ヒッ……」

少女の目が、いっぱいまで見開かれた。

朝、戯れに挿入された卵とは比べ物にならない大きさと固さを誇る肉爆弾は、腸壁にひっかかりながらも奥へと進む。

「あっ……あ……」

メリメリと腸壁を広げながら、浦沢の凶器が潤滑油の助けを借りて美咲の排泄孔に沈んでゆく。

浦沢は美咲を後ろから抱くと、そのまま椅子に座った。美咲は、浦沢の膝の上に座らされる姿勢となる。自分の体重が結合部に掛かると、更に連結は深まった。

「ひぎっ、あううっ」

「さすがにキツイな」

浦沢は顔をしかめながら、小刻みなジャブを始める。

「やっ、いやぁっ、痛いっ、あっ、ダメ、ダメェッ」

ズッズッとリズミカルに腸を擦られ、美咲は甲高い悲鳴を上げた。

「ああ……ダメ……」

卵を上回る不快感と、それに伴う息詰まる激痛。ねっとりとした汗を浮かべながら、美咲は唇を噛みしめた。

「凄い……」

誰かが固唾を飲みながら呟いた。

ダイナミックなアナルファックショーを生で見る事になった男たちは、黙って少女と社長を注視する。そのうちの何人かは、熱に浮かれた顔をして自分の股間に手を当てていた。

「もっとすごい光景を見せてやろう」

浦沢は、美咲の太股を大きく広げさせた。今朝と同じ、屈辱的な恰好である。朝と違うのは、後門に咥えているのが卵ではなく剛棒ということ、そしてギャラリーが多いということだった。

「ああ……やめて……恥ずかしい……」

美咲は浦沢の腕の中で悶える。パンティーのおかげで重要な部分が隠れているとは言え、潤滑油を吸い込んだあて布は女陰の凹凸をハッキリと表していた。そこに視線が集中すると、少女の身体は激しく火照りはじめる。

「美咲の膣に入れたい奴はいないか？　入れたいのならば、そこに置いてあるコンドームを被《かぶ》せて、来い」

恐ろしい提案を、浦沢がさらりと言った。周囲は一層ざわめく。

「嘘……嘘……」

美咲は首を動かすと、どうにか浦沢の顔を見る。半笑いを浮かべた浦沢の顔は、本気で他の人間に美咲をファックさせると言っていた。

『どうしますかな』『先に行かれますか?』『いやいや、最初はお譲りしますよ』

ザワザワ……誰もすぐには美咲に飛び掛からず、互いに牽制しあう。互いに相手の出方を窺い、場の空気を読んでから参加しようという腹積もりなのだ。

浦沢が設ける宴の席ではいつも、このような『譲り合い』が起こっていた。

「誰でもいい、早く来い」

浦沢は役員たちを見回して、馬鹿にしたように笑うと、美咲の身体を上下に揺すぶる。

「ああんっ、やっ、あふっ」

形のよい胸が煽情的に震えた。また誰かが生唾を飲む。

その時、挙手する者が現れた。

「わっ、私がやらせてもらいますっ」

一人の男が一歩前へと進み出る。一番最初に会議室に入り、美咲を見て立ちつくしていた男だった。男の身体はスーツの上からでも判るほどの筋肉質で、清潔に刈り上げた頭が余計にスポーツマンの印象を強めていた。

「原田くんか。さすがは最年少重役だけのことはある」

浦沢は目を細める。

「入れたいのか？」

薄く笑うと、原田に向かって念を押すように聞く。

「はい、是非っ」

力強く頷いた原田は、仕事に関して類稀《たぐいまれ》なる実力を発揮していた。最近その実績を買われ、役員になったばかりの原田にとって、この乱交は自分を社長にアピール出来るこの上ない機会だった。

原田は上着を脱ぐと、ネクタイを外してベルトを抜き取る。そして一気に、ズボンとトランクスを降ろした。

「おやおや」

「若い人は元気があってよろしいですな」

血管が浮き出た黒い棒が振り子のように揺れながら現れると、年齢が高い者たちは失笑しながら男を揶揄する。だが原田はそれを一瞥すると、机の上に広げられたコンドームの一つを摘み、袋を破って中身を出した。

「ああ……」

原田が獰猛な肉棒にゴムをクルクルと装着するのを、美咲は茫然自失となりながら見ていた。薄ピンクの膜に包まれたドス黒い弾頭は、更に凶悪そうに見える。

完全にコンドームを付け終わった原田は、美咲の前に歩み寄った。

「失礼します」

男は一礼すると美咲のパンティーに手を伸ばし、布をめくる。そして赤く色づき潤滑油と愛液で輝いているその部分を、手で大きく広げた。

「おおっ」

「すごいっ」

座が、また沸いた。

原田は鼻を鳴らして周囲をゆっくり見回してから自分の砲身を摑み、王冠を少女の入口へと向ける。

「無理です……やめて……お願い……」

美咲は恐怖に顔を強張らせながら、原田に向かって首を振る。一度に、二つの穴を犯されるなんて。本当に自分が壊れてしまうと、美咲は恐怖した。

「いいぞ、そのまま進め」

浦沢は期待を込めた眼差しで、原田を見つめる。

「いきますっ」

ズンッと、男が根元まで入った。少女の華奢《きゃしゃ》な身体に、衝撃が走る。

「…………っ」

美咲は声を出すことができなかった。唇をワナワナと震わせ、目をいっぱいまで見開いている。

「う、動きます……」

原田は美咲のくびれた腰を摑むと、遠慮のない律動を始める。それは体力に任せた、無茶苦茶な突きだった。

「あっ、ああっ、ひぎっ、ぎうっ」

美咲はやっと声を出す。だがそれは苦痛にむせび泣く悲鳴だった。肛門も膣口も、いっぱいいっぱいにまで広がっている。それは限界を越えて、いつ破れてもおかしくなかった。

「ふむ、美咲の肉越しに原田くんの精力が伝わってくるよ」

浦沢はのんびりとした口調で、美咲を挟んで部下に声を掛ける。

「恐縮ですっ」

原田は美咲を突いて突いて突きまくる。

「私も負けていられないな」

浦沢は美咲の下で、原田の動きに合わせて腰を振り始めた。壁一枚を隔てて二本の剛棒が擦れあい、美咲は気が狂いそうになる。

「やめてえっ、ひぎっ」

下腹部を見れば、二人分の灼熱棒のせいでポッコリと膨れていた。それが生き物のように蠢いていることも、腹の上から見て取れる。

これはなんの試練なのだろうか。生きたまま心臓を抜かれても、これほどまでは苦しくないはずだ。

『汚らわしい女。私から生まれただなんて、考えたくもない』

また、母の罵声が聞こえた。美咲が快感を覚えると出てくる、母の罵声が。今度は声だけではなく、目を閉じれば手を振り上げ幼い美咲を殴りつける光景までも見えてきた。

「おか……お母さん……ごめ……なさい、ごめんなさい……許して……あんうっ」

かすれた声で謝る美咲の声を聞いた浦沢の動きが止まる。

「美咲？」

「罰を……受けます、ごめん……な……さ……お母さ……あひっ、許して……美咲は……悪い子……で……はぐうっ」

美咲の目は虚ろだった。彼方を見つめながら、ここにはいない母親に向かって謝り続けている。

（……また美咲が奇妙なうわ言を）

浦沢は奥底まで覗き込もうとするかのように鋭い眼光で少女を観察する。なにを謝っているのか。そして何故それが母親に対してなのかを、姦淫地獄の中にありながら見極めようとする。

浦沢の中で、何かが繋がりそうだった。

「す、すみませんっ、出ます、出ますっ、出るっ」

青年の動きが大きくなり、美咲の中でペニスが更に膨張した。

「やっ……」

美咲は、その前兆を知っていた。男はイこうとしている。

「やめてっ、いやっ、中にはイヤアッ」

冷静さを欠いた美咲は、男がコンドームをしていることも忘れて泣き叫ぶ。そしてその叫びは、やがて絶頂の悲鳴に変わった。あれだけ痛みを感じていたにも拘わらず、少女はオルガズムへと導かれたのだ。

「ああ……」

涎を垂らして、美咲は首をがっくりと前へ倒す。

「ふう……すばらしかったです、浦沢社長。美咲さん、ありがとうございました」

原田がまだいくぶん硬度を保っている棒を引き抜くと、コンドームの先には大量の白い液体が溜まっていた。

「よくやった、原田くん。それにしてもすごい量だ」

浦沢は、満面の笑みで部下を褒める。原田は後頭部を掻いた。

「早く出してしまい、お恥ずかしいかぎりです」

「いやいや、なかなかのピストンだったぞ。会社を支えてくれる若い人材はそうでなくてはな」

「ありがとうございます」

「まだやるか？」

その口調は、まるで新種のダッチワイフを勧めるかのような気軽さだった。だが、原田は申し訳無さそうに首を横に振る。

「すみません、五分ほど時間を置かないと……勃《た》ちません」

「五分で元に戻るのか、それは頼もしい」

浦沢が楽しそうに笑うと、周囲の男はつられたように笑った。

「で、では私が……その五分の間にお相手させていただきます」

傍観していた背の低い男が、照れ笑いを浮かべて美咲の前に出た。

「じゃ、じゃあ私は、その可愛い胸を揉ませていただきたいのですが……」

「では私は、美咲さんの手をお借りして、その……したいのですが」

原田のレイプを皮切りに、次々と美咲を犯したいと申し出るものが前に出る。一人の先駆者が道を切り開いたお陰で、男たちは欲望に忠実になりはじめた。

「いいぞ。手でも胸でも髪でも、好きな部分を使え……美咲、よかったな。みんなが可愛がってくれるそうだ」

「うう……ん」

少女の呻き声は、絶望か悦びか。虚ろな美咲の表情からは、なにも読み取ることはできない。しかし緋色の恥肉は蠕動を繰り返し、肉体の飢えを示していた。

「では……」

別の男の分身が、美咲を割って入る。潤滑油と、そして美咲の快感汁が混ざり合い、少女は苦もなく、すんなりと新たなコンドーム付きペニスを受け入れた。

「ひっぐっ」

「若い女性の胸はいいですなあ……張りがあって、それでいて柔らかい」

他の男が、美咲の胸を弄びはじめる。固く尖った先端の実を口に入れてグチュグチュと吸ったり、舌先で転がして、少女の乳房を無心で楽しんだ。

「や……胸……イヤ……」

「で、ではでは、お嬢さんの手で私の愚息を揉んでもらいましょうかね」

待っていた男は美咲の手を取ると、反り伸びた槍を摑ませ、上下に動かす。

「では私は、反対の手で……」

他の男がそれを見て真似る。美咲は無理に手を動かされ、男を扱くおもちゃとなった。

大義名分を得た男たちの行為は、次第にエスカレートしてゆく。美咲は瞳孔が開いた瞳で、他人事のように男たちの行為を見ていた。

「美咲……綺麗だよ」

奔放な部下の行為を余所に、浦沢は美咲の耳に語りかける。

「お前には、被虐美が一番似合っている。その顔を見ているだけで、私は満たされる……」

浦沢の指摘は正しく、犯されてボロボロになった美咲は、どことなく退廃的な美を漂わせはじめている。それは横に置かれてある女神像よりも美しく、見る者を魅了した。

「もう……出そうです……美咲さんに掛けても、よろしいでしょうか？」

美咲の手をおもちゃにしていた男が、息を弾ませはじめる。温かくふんわりとした美咲の手は、オナニーの材料としても最上だった。

「いいぞ、たっぷりと顔に掛けてやれ」

浦沢が号令を掛けると、両脇にいた男がホースの先を美咲の顔に向ける。二つの赤黒い肉塊の先が開き、白い濁汁が美咲の顔に飛び散る。

「ん……ぷ……」

強烈な匂いを放つ液体を顔面に受け止めた美咲は、口を閉じ息を止める。しかし下から浦沢に突き上げられると、たまらず淫らな咆哮を上げた。

「ああっ、出ますっ、出ますっ」

美咲の膣を味わっていた二番目の男が、浦沢の動きに釣られて出そうとしていた。

「うう……」

美咲は目を閉じ、淫惨な責め苦の中を彷徨う。しかし男のピッチが上がると、少女の腰は自然と揺れた。

「出るっ」

「くっ」

美咲は、腸の中に浦沢の熱いほとばしりを受けた。二つの肉棒が二つの穴の中で、放出の痙攣を始める。

他の男が、美咲の胸に向かって精を放った。

「や……ああぁっ」

美咲は、自分の肉体の境界線が曖昧になってゆくのを感じた。絶頂に向かうのが自分なのか他人なのか、判らない不思議な感覚。

陥落してゆく少女を、浦沢は眩しそうに見つめる。すると、一度は美咲の腸の中で萎んだ分身が精力を取り戻しはじめた。

「さあ、次は誰だ？」

止まることなく溢れ出る蜜壺を掲げ、浦沢が叫んだ。

宴は、始まったばかりだった。

第六章　女淫の罠

美咲がベッドから立ち上がると、肛門から精液が流れ落ち、下着を汚した。

「ううっ……」

樹液のような匂いが鼻をつき、美咲は口を押さえて吐き気を堪える。

窓からは初夏の爽やかな朝日が差し込んでいた。けれども美咲には、それを楽しむ余裕など一切ない。

（もっと……洗わないと……）

美咲は這いずりながら、自室のシャワールームへと向かう。そして蛇口をひねり、シャワー口から熱い湯を出した。

昨夜から、何度身体を洗ったことだろう。しかしどんなに石鹸を泡立てても、全身が赤くなるほどタオルで擦って洗っても、肌にはまだ、男たちの精液がこびりついてるような気がしてならなかった。

「ん……」

美咲は顔を顰めながら、たっぷりと浴びせられた白濁液を雪《すす》ぎ出すため自分の指で花びらを押し広げ、シャワーをあてる。

しかし何度洗っても時間が経てばじわりと奥から残滓《ざんし》が滲みだし、浦沢がいかに大量に中へと放出したかを改めて思い知らされた。

昨日は何人の男が何度、自分に挿入したのか美咲は覚えていない。気絶して、強い快感に目を覚ましてはまた気をやり、精液を掛けられる……その繰り返しが無限に行われたことは確かだ。

倒錯した世界の中で、それでも少女は愉悦を感じていた。足と足の間に男を受け入れながらよがり狂い、理性をなくした。

そんな中でも『もっと欲しい』と叫ばなかったのは、人間としての誇りの破片が少女に残っていたからだ。もし美咲に強い羞恥心が備わっていなかったなら、あの悦楽地獄の中で自ら男を求め狂っていただろう。

「もう……いや……」

美咲は湯気の中で、泣く。

浦沢はこの家に少女を監禁し、復讐の名の下に肉体を変えていった。このままこの生活が続けば、もう二度と本当の自分には戻れないだろうと蛇口を閉めながら美咲は確信する。

「逃げなくては……殺される……」

殺される……それは命を指しているのではなく、美咲という貞淑な少女の人格が抹殺されることを意味していた。

「逃げるのよ、美咲」

美咲は歯を食いしばるとバスタオルで身体と涙を拭い、ここへ来たときに身につけていたセーラー服を着る。逃げるのであれば、一つでもこの屋敷の物を持ち出したくはなかった。

(……でも、どうやって逃げよう)

時計を見ると、朝の八時。今朝は浣腸やフェラチオを強制せず、早々に浦沢は仕事に出掛けた。いつ帰ってくるかは判らない。

美咲は手早くドライヤーで髪を乾かしながら窓の外を見る。正門には警備員が、そして庭には屋敷の使用人が何人か掃除をしていた。しかもこの家の廊下や塀には監視カメラが張り巡らされていることを美咲は知っている。

(でもなにか、手段はあるはず、諦めては駄目)

挫《くじ》けそうになる自分の気持ちを美咲は奮い立たせる。ここで諦めてしまえば、浦沢の性奴隷として堕落してゆくだけ。どうあっても逃亡の手段を考えなければならない。

窓の外を眺めながら逃げる手だてを考えていると、大きな門から一台の車が入ってくるのが見えた。車は屋敷の側《そば》までくると停まり、運転席から見たことのある女性が降り立った。

（あれは……）

美咲は窓に張りつき女性を見る。女性は、美咲を最初にこの屋敷へと連れてきた秘書、三井だった。

秘書は屋敷の中へと入り、姿を消した。そして暫くすると、美咲の部屋の扉がノックされた。

「美咲さまに、お客様がお見えです」

使用人の千夏が、扉を叩きながらそう言った。美咲が返事をしながら扉を開けると、そこには秘書が立っていた。

「お久しぶりです、美咲さま」

そこに立っていたのは、さっき車でここへやってきた三井だった。

「お久しぶりです……」

美咲は挨拶を返しつつ、一歩下がると身構える。まさか、秘書が自分に用事があると思えない。用事があるのなら、それは浦沢からの指示であるはずだ。

「なんの用でしょうか？」

美咲は先制攻撃とばかりに、三井に聞く。

「はい。以前、美咲さまが住んでおられました家のご近所さまに、お礼の品を送りましたので、その報告をと思いまして」

三井は淡々と答える。美咲の肩の力が一気に抜けた。

「そうでしたか。すみません、任せきりにしてしまいまして……」

この屋敷に来てから怒濤のような日々を過ごす余り、お世話になったご近所住人への挨拶等を忘れていた美咲は、心から三井に感謝する。

「いいえ、これも仕事ですので。では失礼します」

三井は淡々とした様子で頭を下げると、美咲に背を向ける。

去ってゆく三井の後ろ姿を見ていた美咲は突然閃《ひらめ》いた。秘書は、この屋敷に車で来ていた。ならば、その車に乗ることができれば、屋敷から逃げることができるかもしれない、と。

「あ、あのっ、待ってくださいっ」

美咲は三井を引き止めながら、目だけを動かして周囲をうかがう。幸い、千夏などの使用人は部屋の近くにいない。これは最大のチャンスだった。

「はい？」

秘書は立ち止まると、美咲を見る。美咲は固唾を飲むと、声が震えないようにお腹に力を入れて、一語一句区切るように話した。

「よろしければ、街まで、車で連れていって欲しいんです。か、買い物がしたくて……」

かなり不自然な申し出だと、美咲は自分で言いながら思った。しかし、他に手だてが思いつかない。一か八かの大博打だった。

「買い物ですか？」

美咲の言葉に、秘書は少しだけ驚いた顔を見せる。

「駄目……ですか？」

美咲の心臓が早くなった。ここで断られれば、もう逃げる手だてはないと言っていい。

秘書は黙って腕時計を見てから、眼鏡を指で直して頷いた。

「いいですよ。では社長に連絡してから……」

「浦沢さんには内緒にして欲しいんですっ。プ、プレゼントを……買いたいので」

声が裏返ったことを後悔しつつ、美咲は懸命にもっともらしい理由を捻り出す。三井は少し考えてから頷いた。

「判りました。ただし私も仕事がありますので、あまり時間は割けませんが、それでもよろしいですか？」

やった……美咲は、叫びだしそうになる自分を抑える。これで、とりあえずは屋敷の外へ出るきっかけを摑んだのだ。

「はい、大丈夫です……すみません、お忙しい三井さんに無理なお願いをしてしまいまして」

更に申し訳ないが、隙を見て街中に逃げ込み、警察に保護を求めようと美咲は謝りながらも考えていた。

「では行きましょう」

三井はヒールを鳴らしながら、玄関へと向かう。美咲は辺りをうかがいながら、その後に続いた。

「どうぞ」

秘書は助手席の扉を開けると美咲を乗せ、それから運転席に座り、車を発進させた。美咲は息を飲むと顔を伏せ、警備員に見咎《みとが》められないことを一心に祈る。

だが車は、なんの障害もなく屋敷の門を潜《くぐ》った。美咲が振り向けば、背後には狂気の館が遠ざかってゆくのが見えた。

「…………」

あまりにあっさりとした幕引きに、美咲は呆然と屋敷を見つめた。たった二週間の間に少女から無理やり女にされた監獄。自分の中に潜む何かに怯えたり、浦沢の言葉に快楽で服従するしかなかった奈落の日々……その舞台は遠くなり、やがて見えなくなった。

もちろん、寂しさなど感じない。あの屋敷に二度と戻るつもりもない。あの日々を忘れて、これからは普通の女の子としての生活を取り戻してゆくのだ。

「なんだか、嬉しそうですね」

三井にそう言われ、美咲の心臓が跳ね上がる。こんな所で不審を抱かせては計画が崩れてしまう。美咲は自分の足元を見て表情を隠した。

「は、はい……久しぶりの買い物が嬉しくて」

適当にお茶を濁す。まだ油断してはいけない、安全な場所に身を置くまでは。

久々に見る外に目を移した。ふざけ合いながら学校に向かう女の子たちや、早足で駅に向かうサラリーマン……日常の朝の光景が、懐かしく感じられる。

子供の手を引いて歩く母親の姿を見た美咲は、ふとした疑問が浮かび上がった。

「そういえば……浦沢さんにご家族はいないのですか？」

「ええ、ずっとお独りで。子供どころか、結婚されたこともありません。お聞きになっていませんでしたか？」

美咲は初めて、あの家で子供も妻らしい女性も見かけなかったことを思い出す。連れて来られた初日に犯され、そんなことまで考えを回す余裕がなかった。

「そ、そうでしたよね。私ったら、変なことを言ってしまって……」

「浦沢の心は、一人の女性で占められています。だから、結婚できなかったのでしょう」

一人の女性……それはやはり、母親の美春のことだろうか。美咲は、あの白い部屋と、そこで見つけた写真を思い出す。

なにがあの男を狂わせたのか。どうして、母に執着するのか……浦沢に関して、理解《わか》らない事だらけだ。

(身体を……結んでいるのに何も知らない……)

そんな事を考えかけて、美咲は我に返る。

(結んだんじゃない、無理矢理結ばされたのよ……理解らなくて当然じゃないっ)

だが何故か、浦沢を悲しい人だと感じていた。そんな自分に美咲は驚き、そして愚かだと笑った。

(考える必要はないのよ。だってあの屋敷には、もう二度と戻らないのですもの……絶対に、絶対に戻らないわ)

美咲は、自分が馬鹿な行動に出ないようにと己に言い聞かせる。浦沢は明らかに異常者だ。そんな異常者に情を持つのは、愚者以外の何者でもない。

気にするな、考えるな。浦沢の存在は、一時の悪夢だった……けれどもどんなに思考を遠ざけようとしても、浦沢の顔を思い浮かべてしまうのは何故なんだろう……。

美咲の心は揺れ動く。そうして長く物思いに耽っていた少女は、三井の運転する車が市街地ではなく、街から離れた高速道路の高架の下で停まったことに気づけなかった。

「お嬢さま、到着いたしました」

サイドブレーキを引いてエンジンを止めた三井が言った。

「あ、はい、すみません……」

そう言いかけて、美咲はここが街中でないことにやっと気がつく。薄暗い高架の下は、昼間だというのに周囲に誰も見当たらない。

「あ、あの……ここは……？」

困惑する美咲の問いに答えず、携帯電話を取り出しボタンを押す。

「もしもし。はい、私です。社長がおっしゃられていた通りになりました」

表情を崩さないまま三井は電話の相手に報告を始めた。

「ええ、そうです。美咲さまは、社長にプレゼントを買いたかったとのことです」

美咲の呼吸が止まった。

座席の背もたれに寄り掛かると、口を開けたまま三井を見つめる。三井は……誰と話しているのだろうか。

「はい、はい、了解致しました……美咲さま、お電話ですよ」

あくまでも冷静な顔で、三井は美咲に携帯電話を差し出す。

美咲は唇をわななかせながらも携帯を受け取り、耳に当てた。

「おはよう、美咲」

「あ……」

聞き慣れた、あの声が聞こえた。美咲は震えながら息を吐く。目には、涙が滲んでいた。

「三井の車を使って、何処に行こうとしていた？」

静かに、そして恐ろしいほど優しい声で浦沢が尋ねる。美咲は答えられなかった。

「私から逃げて、何処に行こうとしていた？」

「わ、わ、わ、私……」

「街の中に逃げ込めば、どうにかなると思っていたね。だから三井に、屋敷から連れだしてくれるよう頼んだ。ふふ、私にプレゼントを買うだって？」

「わ……わ……」

どうにか声を振り絞るも、やはり美咲は言葉を切らせてしまう。浦沢の口調は、まるで真綿で首をゆっくりと締めるような残酷さを秘めていた。

何もかも見透かされ、それどころかこの逃走すらも仕向けられたものだったという事実が、美咲を精神的に打ちのめす。

「私へのプレゼントは、美咲の身体で充分だ。こっちにおいで美咲、逃げようとした罰を与えてやろう……待っているよ」

電話が切れ、美咲の手から携帯電話が滑り落ちた。

（そんな……）

浦沢の手のひらからは逃げることが出来ないと、美咲は思い知る。初めて首に首輪を巻かれた夜から虜となり、鎖がない今でも浦沢の執念は少女を捉えて放さない。

突然、三井が美咲の両手首に手錠をかけた。ひんやりとした鉄の感触で、美咲は我に返る。

「手錠……？」

力なく、美咲は三井に聞く。

「会社にお連れする前に、充分に濡らしてくるようにとの命令を受けました。初めてですので、巧くできるか分かりませんが」

言うが早いか、三井は美咲の制服のスカートをめくり上げる。そして白い太股を指で辿りながら下着へと触れた。

「や……」

美咲は両足をピッタリと閉じ、スカートを下にさげる。だが、三井は再びスカートを跳ね上げると、今度は少女の一番敏感な部分である三角の頂点に指先を押し込んだ。

「んあっ、いやですっ」

美咲は手足を動かし、なんとか三井の攻撃をかわそうとする。しかし三井は簡単に美咲を押さえつけると、パンティの先をクリクリと弄り回す。両手の自由が奪われていては、たとえ同性相手でも抵抗しきれなかった。

三井は座席のシートを倒し、美咲に覆い被さりながら倒れ込む。そして美咲の足の間に身体を割り込ませ、めいっぱいまでに両足を広げさせた。

「いやあっ、止めて三井さんっ」

「申し訳ございません美咲さま。命令を実行できないと、私が叱られますので」

まったく悪びれる様子もなく、三井は口先だけで謝る。能面のような表情の奥にサディスティックな部分を隠し持っている三井にとって、か弱い少女をなぶり者にする事は、歓喜を伴う行為だった。三井は赤いルージュを引いた唇を薄く開けて笑むと、美咲の着ていた制服のリボンを解く。

「いやあっ」

美咲は手錠の掛けられた手で三井を押し退けると、車の扉を開けようとした。

「あっ、あれっ」

だが、扉は固く閉ざされ開かなかった。慌ててロックを探すが手元に見当たらない。

狼狽する美咲に、三井は言った。

「この車は、運転席でしかロック操作できません。出られませんよ、美咲さま」

そう言われても、美咲は狂ったように扉の把手《とって》をガチャガチャと引く。

「諦めてください」

美咲の制服の下に、三井の手が忍び込む。そしてブラジャーをくぐり抜け、豊かな胸を摑んだ。

「さっ、触らないで……っ」

「幼い顔なのに、ボリュームのある胸。男が好みそうな身体ですわね」

真っ赤なマニキュアが塗られた爪が、美咲の乳首を弾く。

「あふっ」

美咲は身体を動かして、三井の手を止めようとする。同じ女性からまでも性的悪戯を受けて、美咲は完全な人間不信になってしまいそうだった。

「お願いです……やめて……お願い……」

「命令ですから」

美咲の哀願を、三井は素っ気なくはじき返した。やがて三井は美咲のスカートを抜き取り、パンティーの上から秘溝を指でなぞりはじめる。美咲の身体から、力が抜けた。

「女性を愛撫するのは初めてなのですが、結構面白いものですね」

「ああっ……いや……」

「乳首が固くなってますね。それに、ココも湿っぽい。感じやすいのですね」

美咲は顔を逸らして、答えない。

三井の攻めはあまりに的確だった。ポイントをじらし、そして物足りなくなった部分をチョンと突く。そうしてまたじらしながら、着実に性感帯を追い詰めてゆく。

「あうっ、そこ……ダ……メ……です……」

胸の先と中心部を布越しに弄られているだけにも拘わらず、美咲の息は上がりはじめる。男の、乱暴で欲望まるだしの愛撫とは違い、無駄のないスマートな三井の指技は、美咲をゆるやかに快楽の煉獄へと誘った。

「そろそろ、でしょうか」

すっかりと濡れて重くなったパンティーまでもが、美咲の長い脚から抜き取られる。抵抗する暇もなかった。薄い茂みの頂点は、よく見ると蜜に濡れて纏《まと》まっていた。

「い……いやあっ、ダメェッ」

美咲は力ない抵抗の声を上げるが、もはやなんの意味もない。

「すごく濡れやすい身体なんですね。羨ましい」

三井の呟きと共に、とうとう挿入口への直接愛撫が始まった。繁茂を指はかき分け、ぬらぬらと淫汁にまみれた花びらが開かれる。

「いっ……あっ」

脳髄がチリチリと焼かれる感覚が走り、美咲の身体は引きつる。その反応を冷静に観察しながら、三井は一枚一枚丁寧に肉のカーテンを摘んだ。

「ああっ、あひっ、あぁんっ」

指の動きに合わせて短い悲鳴が上がる。指だけだというのに、信じられないほどの快感だった。

三井は美咲の制服の上を捲り、ブラジャーのホックを外す。そしてプルリと揺れながら現れた胸の先を唇で咥えると、甘噛みした。

乳首に三井の口紅が付着し、まるで血が流れ出たように見える。

三井は歯を立てて、蕾を嚙んだ。

「んああっ、やっ、いやあっ」

強烈な刺激を感じて美咲は叫ぶ。

同性から愛撫を受ける嫌悪感は消えていた。そんなことより繊細な指の動きがもたらす断続的な悦感に悶える事だけに意識が集中していた。

「浦沢が美咲さまのことを『感度が極端にいい女』と評されていましたが、本当なのですね」

微かに軽蔑を含んだ声で、三井が言った。

「そんな……ああっ」

浦沢は、秘書にまで自分の痴態を伝えていたのか。

美咲は手錠の掛かった両手で顔を隠す。消えてなくなってしまいたかった。

自分には味方がいないと、昨日のあの集団レイプの最中、そう自覚したはずだったのに……どうして忘れていたのだろう。浦沢に最も近い女性である三井をもっと慎重に疑ってかかるべきだった。

「そろそろ、仕上げにはいります」

機械的な口調で告げると、三井は美咲から離れた。そしてダッシュボードを開けると、中から棒状の怪しげな物を取り出した。

「私も初めて使う物ですから、自信はないのですが」

三井は手に持った紫色の棒を美咲の目の前に差し出すと、スイッチを入れる。するとその棒はまるで生き物のように、妖しくうねりだした。

「な……なんです……それは……」

顔を覆った指の隙間からそれを見た美咲は、得体の知れない装置に縮み上がる。初めて見るものでも、形状からそれが快楽を司る道具だと直観で理解した。

「バイブレーターです」

秘書は震えるバイブレーターを、美咲の胸先に押しつける。バイブの振動はブルブルと伝わり、感じやすいチェリーは震え、白い肌が波打った。

「うんんっ、んっ……んあーっ」

淫らな波動に少女は悶絶し、全身をピクつかせる。桜色の唇の端からは、涎が漏れた。

三井は胸をバイブで弄びながらも、片方の手では少女の恥毛の奥をまさぐる。隙のない三箇所への攻撃に、美咲は腰の辺りが蕩けはじめるのを感じた。

「気持ちいいですか？」

右胸、左胸と交互に振動を与えながら、三井が聞いた。

「う……ふ……」

少女は力なく頷く。もう、抑えても抑えても内側から湧き立つ性欲に、若い肉体は抗えなくなりはじめていた。

「他愛ないのですね」

　肩を竦めて三井は一笑する。

　しかしそう言われても、さかまく肉欲に美咲は太刀打ちできなかった。

「み……見ないで……あうう……」

「そう言われましても」

　三井は美咲の髪を摑んで上に引き上げる。そしてすっかり淫猥な女となった美咲の顔を正面から見据えた。

「美咲さまに罰を与える役目を仰せつかった者といたしましては、見ないわけにはいきませんので」

　冷笑を浮かべた三井は、浦沢に負けないほどの残虐者そのものだった。

　バイブの尖った先をペロリと舐めると、既にトロトロに溶けだした美咲の肉の谷に狙いを定める。濡れて艶のでた恥毛の先が、無機質な物によって開かれた。

「はああっ、あっ、ああっ、やああっ」

　挿入の予感を感じ取った美咲は、声にならない声を上げてもがいた。

　女に犯される恥辱、そして道具を使われる屈辱……どちらも、美咲にとって新たな恥の体験だった。

「動かないでください。でないと、怪我をさせてしまうかもしれません」

そう言いながらも躊躇なく、三井はバイブを暴れる美咲に挿入した。

「あううっ、いやあああっ」

肉をかき分け突き進む機械に、美咲は嬌声を発してしまう。開いていた爪先が、ギュッと丸まった。

ヌプッヌプッと粘膜質な音を立てながら、三井はバイブを出し入れする。

その動きに合わせて、美咲の身体が浮いた。

「んあっ、あっ、あっ、やっ……も……もう……いや……やめてください……お願い……いやぁ……」

バイブと恥肉の接合部分から、濁った蜜が溢れる。

悲しいほどに、美咲は感じていた。相手が女と無機物だと分かっていても、愉悦を止めることができなかった。

「では、スイッチを入れます」

「スイッ……」

美咲の質問を待たずに、三井はバイブのスイッチをオンに入れる。

自分の内側で、何かが激しく蠢きだした。

「なにこれぇっ、いやああっ」

美咲はめいっぱいに目を見開き、口を大きく開けて叫んだ。

膣壁をぐにぐにと、機械の棒は擦りあげてゆく。男根とはまた違った、今までにない感触に、美咲の媚肉は狂っていた。

「駄目……ダメ……だ……め……」

口ではそう言っていたが、美咲はグイグイと疑似肉棒を締めつける。そして締めつければそれは快癒感となって、自分の身を高めていった。

「も……らめぇ……らめなの……」

舌足らずに『駄目』を連呼しながら、美咲の目が潤んだ。あとひと押しされれば、少女は絶頂の海へと落ちてゆく。

同性による機械的な快楽は、斬新にして鮮烈だった。美咲は一瞬たりとも喘ぎ声を途切れさせることができない。

「うう……あうう……らめ……ううっ」

美咲は腰を動かし、とうとう積極的に淫楽を追い求めはじめた。

「貪欲ですね」

三井は肩を竦める。しかしその声は、もう美咲の耳に届かない。

「では、もう一つの方も使いましょうか」

三井は側に置いてあった、もう一つのバイブを手に取る。それはピンク色の小さな球体で、本体から伸びたコードの先には操作スイッチがついていた。

「美咲さま、これを舐めてください」

喘ぐ美咲の口許に、その小さなボールをぶら下げる。既に思考能力を失いかけている美咲は、なにも考えずにその球体を含むと口の中で転がした。

「エロティックな顔で舐めますね」

美咲のおしゃぶりは、浦沢のモノを舐めているように熱心だった。事実、美咲の脳裏には無意識のうちに浦沢の姿が浮かび上がっていたのだが。

「では、充分濡らして頂いたことですし」

ポンと、三井は美咲の口から小球体を引き抜く。そしてねっとりと唾液で鈍く光るピンク色のそれを、美咲の菊座に押し込んだ。

「ヒッ」

あの、なんとも言えない気持ち悪い感触……昨日、嫌と言うほど味わった肛門挿入の不快感が、美咲の排泄器を襲う。

「抜いて……抜いてください……ここ……嫌……嫌です……」

盛り上がっていた喜悦が、霧のように消えた。恐怖が込み上がり、美咲の身体が小刻みに震える。

官能の叫びが消えた車内は嘘のように静まりかえり、美咲の中にあるバイブのモーターと、淫蜜をこねる音が異様に響いた。

「我慢してください。これも社長から指示されたことですので」

三井は浦沢から、細かく凌辱の指示を受けていた。

美咲の肛門から、まるで尻尾のようにコードが延びている。三井は、その先にあるコントローラーを美咲に一瞬だけ見せると、スイッチを押した。

「ぎっ……」

美咲は歯を食いしばった。

ピンポン球のバイブも、ブーッという音を立てて暴れ出す。新たな衝撃が、美咲の内部に走った。

「あひいっ、ああうっ」

肉の壁越しに二つのバイブが震え、少女の性感を揺さぶる。

(おかしく……なる……)

再び、美咲は狂いはじめる。

昨日体験した二穴責めとは、確実に種類が違っていた。男たちの抽出が力任せなものだった事に対し、このバイブレーターによる挿入、震動は、ゆるやかではあるが美咲の気持ちいい部分に触れてくる。

（イヤ……お尻に入れられて感じるなんて……そんなの……）

美咲は後門からバイブをひり出そうと、いきむ。しかし奥深くに挿入されたバイブは出てくる気配を見せない。

「感じればいいじゃないですか。いっぱい濡らしてくだされば、私も浦沢に褒められますわ」

膣口に入っている紫色のバイブを摑むと、三井は激しく出し入れしはじめる。

「あひぃっ」

グニグニと、腸内にある球が震えながら動き回った。美咲は舌をだらりと出したまま、ビクビクと何度も跳ね上がる。

「気持ちいいですか？」

無感動に、三井が聞いた。

「あ……ああう……あう……」

美咲はとうとう、頷く。強情を張ることすら出来ないほど、肛門も気持ち良くなりはじめていた。

「イけそうですか？」

「うん……イク……イきそう……」

美咲は『イク』を何度も口にした。絶頂寸前の時に見える光が、目の前できらめいている。出口は、近かった。

「では、イッてください」

三井は、二つのバイブの出力を同時に最大限まで上げた。

ヴヴヴンッと、モーター音が一際大きくなる。

「あっ……イクウッ」

美咲の身体は跳ね、細かい痙攣を繰り返す。少女の肉体は、電気仕掛けのおもちゃで悦びを極めた。

「感じてもらえて、なによりです」

三井は二つのバイブを一気に引き抜く。赤い傷口のように開いた二つの陰穴から、ジュースが飛び散った。

「ああ……」

美咲は熱い吐息を吐く。いつもの攻められるだけのセックスとは違って、達しても快悦は止まらなかった。

「すごいですね」

三井はつまみ上げた二つのバイブを眺める。どちらにも白く濁った液体が付着し、美咲が芯から快感に浸っていたという証を示していた。

（ああ……私はなんて罪深い事を……）

身体が淫らな熱から醒めてゆくにつれ、美咲の羞恥心が疼きだす。同性相手に気をやるなど、考えるだけで悶絶しそうなほど恥ずかしいことだった。

「これから会社に向かいますので、服を着てください」

美咲の手錠を外しながら無慈悲にも、三井は命令する。美咲は涙を流しながらもブラジャーを付け、自分の出した果汁でひんやりと濡れたパンティーに脚を通した。そして逃げる覚悟と共に身にまとった筈のセーラー服を着ると、スカートの皺を伸ばす。制服の皺は、敗北の象徴だった。

「そのまま、手を後ろに組んでください」

服を着終わった美咲に、三井はそう指示する。泣き疲れていた美咲は、なにも考えず素直に三井の言葉に従って手を後ろで組んだ。

「ご協力、ありがとうございます」

三井は礼を述べると美咲の腕を掴み、さっきまで使っていた手錠を、今度は後ろ手に掛けた。

そして美咲の制服を軽く捲ると、ブラジャーのカップ、そしてパンティーの中に大きなカプセル状の物を入れる。

「なにを……入れたのです……」

そこでやっと、美咲は三井が新たになにかを自分に仕掛けたことに気がついたが、両手の自由を奪われてからではもう遅かった。

「浦沢の元に行くまで、濡れつづけていただかないと」

カチッと、三井は手に持っていたライターほどの大きさのリモコンのスイッチを押す。すると美咲の両胸先とクリトリスの辺りが、ブルブルと震えだした。

「やっ……いっ、いやあっ」

またも、バイブだった。規則正しい振動に、美咲の悲鳴は引きつる。

「も、もうこれは嫌ですっ、取ってくださいっ」

「そうですね、それだけでは物足りませんよね」

秘書はそう言うと、さっきまで美咲の肛門に挿入していた球体バイブを取り出す。そして無理に美咲の脚を広げさせると、再び菊座にそれを押し入れた。

「ヒッ……やあああっ」

「では、会社に向かいます」

悶える美咲にシートベルトを着けさせると、三井は有無を言わさず車を発進させた。

「あうう……ううっ」

シートベルトに押さえつけられ、美咲の左の乳首にバイブが強く押し当てられる。薄桃色の乳輪が、固くしこった。

それに加えて女芯が、そして腸壁が、微震により休みなく刺激され続ける。

一度絶頂を極めた美咲の肉体は簡単に火が付きやすく、バイブの刺激に敏感な反応を示した。

「高速を使います」

悶える美咲をよそに、三井が運転する車は高速の入口へと進む。道路の流れはスムーズで、車はすぐに百キロ近くのスピードで走りはじめた。

「ああ……はぁ……」

車の振動すら、美咲に淫らに作用した。揺れれば揺れるほど、肉体の火照りは増してゆく。このままいけば、再び昇り詰めてしまいそうだった。

「も……やめて……」

美咲は三井の横顔に向かって懇願する。しかし三井は、美咲を見ようともしなかった。

「もっと強くしてさしあげましょう」

三井は手に持っていたスイッチの目盛りを上げる。

「あっ……ヒッ」

ブブブブブと、虫の羽音のような振動が美咲のお腹に響いた。胸とクリトリスを占領していたバイブが、更に激しく揺れはじめる。

「やっ、あああっ、止めてぇっ」

美咲はシートの上で身悶える。だが三井は構わず、目盛りを大きくしていった。

「アヒッ、や、やめてえっ、あっ」

機械の波動は腸壁、クリトリス、ラヴィアだけに止《とど》まらず、子宮へと伝わってゆく。終わりなき微震は、単なる挿入よりも辛く、そして淫靡だった。

「ああっ、イッちゃううっ」

美咲は脚を閉じ、白い喉を反らして叫ぶ。さきほどよりは強くはないが、女体は快楽の極みに達した。だが機械は、少女が達したからと言って動きを止めることはない。いつまでも淫らな振動を生み続ける。

「とめ……とめて……ま

美咲は涙と涎を垂らしながら、三井に頼む。そう言っている間にも、またもや色情は高まり、そして花開いた。

「あーっ、あっ、ダメッ、またイクッ」

「会社に到着するまで、何度イク姿を見せてくれるのでしょうね」

三井はコントローラーをバックシートに投げ捨てると、黙々とハンドルを動かす。表情には現れていなかったが、三井の秘部もまた少女のアクメ顔に欲情し、涎を垂らしていた。

第七章　自我崩壊

美咲が九回目のエクスタシーを体験したとき、車は高速を降り、会社の地下駐車場へと滑り込んだ。

車を止めると、三井は美咲からすべてのバイブレーターを抜き取る。

「あううっ」

振動器具を取り去っても、美咲の火照った粘膜は静まらない。むしろ、逞しいモノを欲しがって切ない炎を燃え上がらせていた。

「さ、行きましょう」

最後に、三井は美咲の手首を固定していた手錠を外すと、フラつく少女に肩を貸して歩きだす。楽しい仕事が終わることを残念に思いながら、三井は社長専用エレベーターのボタンを押した。

「入れ」

三井が社長室の扉をノックすると、中から浦沢の声が聞こえた。

「失礼します」

扉を開けると、百合の香りが少女を包んだ。美咲は酒に酔っているかのように、千鳥足で部屋に入る。その後ろを、三井が歩いた。

「美咲さまをお運れしました」

「ご苦労だったな、三井。下がっていいぞ」

「はい」

三井は浦沢に対して一礼すると、美咲を一瞥してから社長室を出ていった。

美咲は気丈にも無表情を作って立ってはいたが、膝が小刻みに震えている。バイブは取り除かれていたが、快楽の余波はまったくと言っていいほど抜けていなかった。

「さて、いろいろ聞きたいことがある」

浦沢は椅子から立ち上がると美咲に近づき、少女を見下ろす。美咲は俯き、絶対に浦沢を見ようとはしなかった。

「私にプレゼントとは、面白い事を言うな」

浦沢が、笑いを堪えながら聞く。

「…………」

美咲は答えられない。そもそも、逃げるための口実だったのだから、答えられるはずもない。

「逃げようとしていたな」

「…………」

「この私から、逃げられると本気で思っていたのか？」

「ごめん……なさい……」

浦沢の重圧に耐えかねて、美咲は消え入りそうな声で謝った。

浦沢は手を伸ばし、美咲の乱れた髪を指で梳《す》く。まるで水のように、艶やかな髪は浦沢の指の間を滑らかに通った。

「謝るのならば、誠意を見せてもらいたいものだな」

浦沢は机の上に座ると、軽く足を広げる。その動作だけで、美咲は浦沢が自分に『奉仕』を求めているのだと理解した。

「はい……」

美咲はフラつく足を進め、浦沢の前に跪くとチャックを開けた。

ムッとするほどの熱気が立ちのぼり、そこから巨大な鉄槌を摑みだす。凶暴な形をした浦沢の息子は、美咲の手の中で脈打っていた。

（また私……浦沢さんのコレを舐めようとしてる……）

車で屋敷を出たときは、もう二度と浦沢を愛撫しなくていいのだと確信していたはずなのに……またこうして、自分を汚した元凶を握り、それを舐めようとしている自分が悲しかった。

「どうした？」

開始しようとしない美咲に向かって、浦沢が催促する。

美咲は黙って口を開けると、目を閉じて怒棒を飲み込んだ。頬が膨れ、美咲の美しい相貌が歪む。

舌先にぬるりとした液体を感じて、美咲の眉間の皺は一層深くなった。

「三井とのセックスごっこは楽しかったか？」

そう聞かれて、美咲の口と手が止まる。だが美咲はなにも答えずに、愛撫を再開した。

「答えろ、美咲」

浦沢は上から美咲の髪を掴み、自分の方に顔を向けさせる。男を咥えて窄ませた頬が、淫猥さを強調していた。

「ちゃんと絶頂を迎えられたか？」

「…………」

美咲は目を伏せると、なにも答えない。浦沢が低く笑った。

「なにも言い返せない所を見ると、相当気持ちが良かったようだな。案外、お前は女が相手の方が燃える質《たち》かもしれないな」

甚だしい侮辱だったが、美咲は沈黙を守る。下手に言い返すよりも、奉仕に専念しているほうがまだいい。

「とことん、淫乱な女になったものだ」

浦沢の言葉は美咲の胸に深い傷を作る。一概に否定できない自分が痛い。

「私は明日から数日、屋敷を留守にするが……その間に屋敷で働く男女に欲情し、誘惑するのではないかと心配になってきたよ」

そんなことするものか……美咲はおしゃぶりを続けながら、心の中で浦沢を思い切りなじる。

だが調子に乗った浦沢は、更に美咲を煽った。

「なにか手段を講じておかなくてはな。貞操帯でもつけておくか」

「ん……ていそうたい……？」

股間から顔を上げた美咲は、浦沢に不安そうな目を向ける。最近の美咲は、自分の知らない単語を聞く度に怯える癖がついてしまっていた。

「なんだ、そんなことも知らないのか。お前のような不埒《ふらち》な女が、他の男とセックスしないよう、アソコに栓をする道具のことだ。だが、あまり面白い考えではないな。ふうむ……いっそ、陰唇を縫合でもしておくか」

「そ、そんな……」

「それともクリトリスを切除しておけばいいか？」

残虐すぎる案に、美咲は気が遠くなる。

もちろん、浦沢は本気でそんなことを考えているわけではない。単に、怖がる美咲を見て楽しんでいるだけだ。

「……そうだ、最もいい方法を思いついた」

「いい……方法？」

すっかり恐怖を植えつけられた少女は、手に握った逸物を舐めることも忘れ、浦沢の顔を見上げた。

「そう、いい方法だ。ここへ座れ」

浦沢は美咲の手を取って立ち上がらせると、少女を机の上に座らせた。

「な、なにをするんですか？」

「自慰行為だ。覚えたら、病みつきになるかもしれないぞ」

「じい？」

「そんなことも知らないのか？　オナニーのことだ」

美咲の顔が蒼白になった。

「お……おな……」

「……？」

美咲の変化に、浦沢は逆に驚く。たかがオナニーぐらいで、なぜそこまで青ざめるのか。

だが美咲は本気で驚き、怯えているようだった。その証拠に、全身が小刻みに震えている。

「なんだ、オナニーに嫌な想い出でもあるのか？」

軽い気持ちで浦沢は聞く。だがその瞬間、美咲は死に直面したかのような表情になった。

「そ、そん……そんなもの……ありません……」

つかえながら否定するが、それはむしろ肯定だった。なにかあったと思わざるを得ない。

「オナニーは、やったことはあるか？」

試しに、浦沢は質問してみる。途端に美咲は取り乱した。

「あ、ありませんっ、[illegible]しい事なんかっ」

「汚らわしいと答えるということは、行為自体は知っているということだな」

「しっ、知りませんっ、知りませんっ」

美咲の様子は、拙い嘘を隠す子供のようだった。

浦沢は考える。少女は『罰』という言葉に弱くなり、『オナニー』に激しい拒否反応を見せた。そして、昨日の輪姦の時に放った『美咲は悪い子です』という台詞。

すべてを重ね、そして俯瞰《ふかん》から全貌を覗いてみる。

すると呆気ないほど、男の中で一つの解答が導き出された。

（……なるほど、そういうことか）

浦沢は顎に手を添える。大声で笑いだしたい気分だった。

（美春……お前は私に、どれだけの贈り物をくれる気だ）

男の脳裏に、気高く美しかった女の姿が浮かぶ。高潔故に快楽を認めず、挙げ句隙を突いて浦沢の下から逃げだした女。彼女が目の前からいなくなったとき、浦沢を取り巻く世界は灰色に変わり、怒りと絶望をこれでもかと味わった。

……しかし時が過ぎ、再び手に入れた彼女の残り香は、浦沢に生きる意味と悦びを与えた。

「知らないのならしかたがない、オナニーの方法を教えてやろう。まずは、足を広げるんだ」

自分の考えをおくびにも出さず、美咲を机の上に座らせ自慰の指導を始めた。浦沢は美咲の両足首を摑むと、左右に大きく広げる。すでにぐっしょりと淫汁に濡れたパンティーが、スカートの下から顔を覗かせた。

「もう大洪水じゃないか。こんなに濡れているなら、すぐにイけるだろう。自慰レッスンを始めよう、自分の感じる部分を自分の指で触れてみろ」

「で、できません……できないんです、私……」

「いいから、やってみろ。まずは胸を揉んで、パンティーの上からクリを押すんだ」

美咲は震える指先を、濡れて卑しいシミができている下着の上へと忍ばせる。だが、いやいやと頭を振るとすぐに引っ込めてしまった。

「やれ。これは命令だ」

浦沢は容赦なく美咲を急かした。美咲は涙ぐむが、それでも頑に命令に背いて自慰を行おうとしない。浦沢は美咲を手放すと、少女の顎を摑み、顔を引き寄せた。

「私に逆らうのか、美咲」

「できない……できないんです……許して……」

至近距離で凶暴な獣に睨まれ、美咲は萎縮する。だが美咲は行為には至れない。『自慰をする』と思っただけで、身体に染みついた恐怖が蘇り、硬直してしまうのだ。

「……だったら予定を変更するしかないな」

浦沢は机の電話機に手を伸ばすと、受話器を上げる。

「昨日の役員たちを呼び、また美咲を可愛がってもらおう」

「……え？」

美咲の顔が凍りつく。

「美咲の評判は最高に良かったぞ。だから今から私が招集をかければ、きっと皆は仕事を放り投げてでも集まるだろう。集まって、また美咲を犯し尽くしてくれるさ」

浦沢はそう言いながら、内線のボタンを押した。

「私だ。緊急会議を開きたい。皆をまた、会議室に集めて……」

「まっ、待ってくださいっ」

美咲は机の上を這って、浦沢の腕を摑む。

「なんだ、邪魔をするな」

浦沢はその手を邪険に払いのけるが、美咲は食い下がる。

「し、します……しますから、人はもう……呼ばないでください……」

「なにをするって？」

浦沢は片眉を上げて、美咲に聞く。美咲は言葉に詰まったが、やがて小声で呟いた。

「……自慰……を……します……から……」

もう、あの多人数での暴行は二度と体験したくない。まるで自分が肉人形になってしまったかのような錯覚を覚え、あまりにも恐ろしい。

浦沢は受話器を置いた。

「私の前で、オナニーをして見せるのだな」

「……はい」

美咲はうなだれる。集団で辱められるぐらいなら、まだ自分で自分を犯した方が救いがある。だが浦沢は望む返事をもらっても、満足した様子を見せない。難しい顔をして、少女をねめつける。

「ふむ。だが、私に逆らったことは許しがたい。その分のペナルティーは付加させてもらうぞ」

恥ずかしい事を強いられ、それを拒否すればペナルティーを科される。あまりに理不尽だった。しかし美咲には、最初からそれを受け入れることしか道を用意されていない。

「……そうだな。存分に私を楽しませることができれば、許しようか」

「楽しませる……」

「そう、楽しませるんだ。オナニーついでに私を喜ばせてみろ」

浦沢はどっかりと大股を開いて椅子に座る。難題を出された美咲は、どうしていいのか判らず呆然としていた。

「早くしろ。でないと、皆を呼ぶ」

「す、すみません……」

そう謝ってみても、具体的にどうすればいいのか見当もつかない。とりあえず机から降りた美咲は浦沢の前に座ると、ズボンの中から巨大なモノを出して咥えた。

「単なるフェラじゃないか。そこから、なにをしてくれるんだ？」

浦沢は頬杖を付くと、高みの見物とばかりに美咲を見下ろした。美咲は考えていたが、急に顔を前後に激しく振ると、喉の奥にまで男根を咥え、しゃぶりだした。

「ほう……」

積極的な美咲の奉仕に、浦沢は片眉を上げる。美咲は口と手と顔を大胆に動かし、男を絶頂へと導こうとした。

「なんだ、激しいだけのフェラチオじゃないか。それなら、さっきまでしていただろう。ただ私をイカせるだけじゃ楽しませることにはならないぞ」

「んっ……どうすれば……いいのですか……？」

美咲は乞うように浦沢を見る。だが浦沢は回答を出してくれない。美咲は知識を総動員し、浦沢の、男性の喜ぶことを考えだそうとする。

「そ、それなら……」

美咲はそっと、自分のスカートを捲る。白い太股を自ら浦沢に見せつけ、顔を赤くした。

「ははっ、なんだその中途半端なストリップは。お前の淫らな姿を見尽くした私が、それで喜ぶ訳がなかろう」

浦沢は腹を抱えて笑う。その懸命な姿は見ていて飽きないが、浦沢が求めている事にはまだ遠い。

「うう……」

美咲は羞恥に、自分の顔を手で覆う。口唇奉仕とスカートの中身が喜ばれないのなら、あとはなにをすればいいのか。

浦沢は片手で顔を覆うと、喉の奥でクックッと笑った。

「まあ、お前の頭ならそこまでだろうな」

「…………」

浦沢に教えられた経験以外なにも知らない美咲には、これが限界だった。浦沢はまだ笑いながら、美咲に問いかける。

「……美咲、人間が他の動物と決定的に違う点は、どこにあると思う？」

美咲は返答に困る。真剣に考えた後、少女は『大脳の大きさ』と、小さな声で答えた。

「そうだ、流石だな。さて、その部分が大きくなった人間は、なにを持つことができた？」

「えっと……道具……ですか？」

少女は自信がなさそうに答える。浦沢は大きく頷いた。

「それもあるが、あと一つ、他に何か思いつかないか？」

まるで先生と生徒のような問答だった。少女は悩む。人間は知恵を持ち、道具を持ち、そして……。

「言葉……？」

「そう、その通りだ」

浦沢は美咲の頭を撫でる。

「人間は言語を持ち、文字を得た。そして進化し、言葉自体に楽しみを見いだすようにもなった……理解できるな？」

浦沢がなにを言いたいのかは分からなかったが、話自体は理解できる。美咲は頷いた。

「つまり言葉だ。私を喜ばせる言葉を、その口で吐いてみろ」

これは難問だった。

美咲は浦沢を見つめて、この男が喜びそうな言葉を探してみる。だが、あまりにも摑み所のない注文だった。

「なんだ、ここまで言っても判らないか？」

「すみません……」

美咲は肩を落とす。どんなに蔑まれようとも、言っている意味が理解できない。

「例えばだ……」

浦沢は美咲の耳元で何かを呟く。途端に、少女の顔が燃えるように赤くなった。

「そ、そんな、そんなこと……」

美咲は首を横に振る。浦沢が美咲の耳に吹き込んだのは、無垢な少女にとって耐えがたいほど卑猥な言葉の数々だった。

「そんな、い、言えませんっ」

「だったら、会議室に移動するか？」

意地悪な口調に、美咲は喉を詰まらせる。

(言うしか……ないのね……)

青くなった唇を震わせながら、恥ずかしい文字を、口から滑らせはじめた。

「み、美咲、浦沢さんのお、お、オチンチンをしゃぶるの大好きなんです……」

下品で浅ましい言葉を並べながら、美咲は弱々しく喘ぐ。

「その先は？」

「本当は……み、美咲……下のお口で浦沢さんをおしゃぶりしたいのですが……今、とても我慢しています……」

「ふむ」

「美咲は、エッチが……とても下手です……だ、だから……浦沢さんのいない間に、い、いっぱい、オ、オ、オ、オナニーをして、れ、練習しておきます……」

「そうかそうか」

浦沢は上機嫌だった。自分が吹き込んで言わせている台詞とはいえ、美咲自身の口から放たれる淫語の羅列はたまらないものがある。

恥じらい、そしてそれに耐えながら淫猥な言葉を吐く美咲の姿はこれ以上ないというほど官能的だった。躊躇なくこの台詞を口にしていれば、浦沢は萎えていたことだろう。多すぎる羞恥心は、無垢な少女を彩る最高の素材だった。

美咲は続ける。男に満足してもらい、自分の身を守る為に。

「今日は、浦沢さんに、そ、そのオ、オ、オナニー姿を……美咲のエッチな姿を、い、いっぱい見て欲しいんです……オナ……ニーしますから……見ててくださいね……」

美咲は立ち上がると、指示された通りに服を脱ぎだす。制服のリボンを解き、下着姿になった美咲は、机の上に座った。

「は、始めます……」

だが美咲は、なにも始められない。恥ずかしさで、全身が氷のように硬くなっていた。

「どうした、私にオナニーを見て欲しいんじゃなかったのか？」

浦沢はゆったりと足を組んで、ニヤニヤと笑っている。

(見て欲しくなんか……ない……)

だが浦沢を満足させるには、この方法しかない。美咲はゆっくりと手を動かし、自分の胸を揉んだ。

「……興醒めだな」

美咲の『揉み』に本気を感じられなかった浦沢はつまらなそうに溜め息をつくと、ソファーから立ち上がり、受話器を摑む。

「あっ、ま、待ってください……」

「全然、オナニーになっていないではないか。もっと真剣に自分を高めなければ、オナニーとは呼べないだろう」

美咲は歯を食いしばると、一気にブラジャーを上に引き上げる。そして、自分の桜色の乳首を摘んだ。

「あうっ……こ、こう……ですか……あっ」

ニュッと先を突き出した乳首を摘むと、指先でコリコリと捻る。今まで浦沢にされてきたことを自分がするのは、変な気分だった。

「そうだ。胸だけじゃなく、アソコも触れ」

浦沢は椅子に深く座ると、美咲を眺める。

(恥ずかしい……)

美咲は苦悶しながらも机の上で、浦沢に向かって大股を広げた。

「い、いじります……」

下着の上から、少女は敏感な部分を自ら指でゴリゴリと押す。それだけで、美咲の肌にはねっとりした汗が浮かびはじめた。

「美咲の……ココ……感じやすいんです……」

これは美咲が考えた言葉だった。少女のアドリブに、浦沢の目が輝く。

(死んでしまいたい……っ)

美咲は指で自分を慰めながら、被虐と恥辱に身を焦がしてゆく。だが、その二つを感じれば感じるほど、少女の肉豆や薄桃色の胸先は固くなり、身体の中心部は火をあてられたように熱く燃えたぎった。

「本気になってきたようだな。いいぞ、その調子だ」

浦沢に後押しされ、美咲は歯を食いしばって自分を慰め続ける。じゅわりと、新しい蜜がパンティーを濡らした。

「自分で弄って絞ったマン汁は、どんな匂いがするのやら」

浦沢はせわしなく蠢く美咲の足の間に顔を近づけると、ワザとらしく鼻を鳴らして匂いを嗅ぐ。

「あ、ああ……そんな……」

獣のように陰部の匂いが嗅がれ、少女の花園からは更に温かい液体が分泌される。

信じられないと、美咲は思った。だがパンティーのあて布部分に付着した粘液は、紛れもなく美咲の愛液だった。

「下着を脱がないのか？」

やんわりと浦沢は指示を出す。

美咲は切なそうな表情で、パンティーの両端を摘んだ。

「私のぬるぬるしている部分を……いっぱい見てください……」

自然と言葉が口をつき、美咲はハッとする。

こんな淫らな台詞を難なく言えてしまうなんて……いよいよ、自分は狂ってしまったのかもしれない。

悲しげに睫毛を伏せながらも、美咲はゆっくりと手を下ろす。黒い逆三角形の控えめな茂みが、テラテラと輝きながら顔を出した。

「ああ……や……」

小さな布は丸まり、さらに小さな塊となって長い足から抜ける。

そして両足を開いて現れたのは、湯気が立ちのぼりそうなほどホットな源泉だった。

「うう……う……」

浦沢にむかって、美咲は恥ずかしい部分をめくって見せる。毒々しい程のサーモンピンクな花弁たちが、生々しい光を放っていた。

「そんなに私に見て欲しいんだな。アソコは物欲しそうにヒクヒクしているぞ」

浦沢は軽く息を吹き掛ける。

「ヒッ……」

熱い息を感じやすい部分にあてられ、美咲は貝殻を閉じる。背筋が、妖しい感触にゾクゾク震えていた。

「閉じたら見えないぞ、開かないか」

「ゆ、許して……」

これ以上見つめられれば、本当に自分が崩れてしまいそうだった。美咲は身を縮ませると、駄々をこねる子供のように首を振った。

「自分から見てと言っておいて、なんだその態度は」

「は、恥ずかしくて……死にそう……なんです……もうこれで……許してください……」

美咲は浦沢にひれ伏す。だが、いくら泣いても浦沢の同情を得ることはできなかった。

「やめてもいいぞ。やはり自分で慰めるよりも、大勢の男たちに貫かれる方がいいということだな」

浦沢は電話機をこれみよがしに見る。露骨な脅しに、美咲は呻いた。

「ああ、そんな……」

どうあっても浦沢は、私に恥をかかせるつもりなのだ……美咲は浦沢の揺るぎない意思を感じ、怒りと羞恥に悶える。

「どうする？」

浦沢はつまらなそうに美咲を見ている。だがいつでも部下を呼べるようにという意思表示なのか、電話を側に寄せた。

「す、すみません……でした……」

美咲は再び足を開くと、乙女の入口を震える指で、混ぜるように動かしはじめる。粘膜を擦る水っぽい音が、美咲の淫心を更にかき乱した。

「いやらしい音を出していているな」

浦沢が再び、美咲の中心部覗き込む。視線は巨大な男根のように、美咲の心を貫いた。触られてもいないのに、赤身の部分がピリピリしている。

「言わないでください……」

「さっき言った言葉の力が、私は好きだな」

美咲は唾を飲み込むと、血を吐く思いで浦沢に媚びる。

「み、見てください……もっと私を……」

「そう、それだ」

「見て……私のココを、もっと見てください」

「もっと言え」

「見て……見て……恥ずかしい部分を見られるのが、好きなんです」

「もっと」

「……ぐちゃぐちゃに濡れてる私の性器を、もっともっと見つめてください」

言葉は魔法だった。

知らず知らずのうちに美咲の指に熱が入り、肉の花びらを本気で弄りはじめる。それはもう、演技でもなんでもなかった。

「あううっ」

ジンと、頭の芯が痺れはじめた。この甘い痺れがやがて全身を覆えば、美咲の肉体は意思と関係のない動きを始めてしまう。

(恥ずかしい……でも……)

美咲の肉体は走りはじめていた。自らの急所を探り、その部分を積極的に指でくすぐる。

少女の息が上がった。

「ああん……あーっ、ううんっ」

まるで子猫のような、甘えた声が自然と出た。

「いい声だ」

少女が淫乱な生き物へと変化を遂げる瞬間を観察しながら、浦沢が言った。

「き、気持ちいい……いいです……あんっ」

「私に見られながらのオナニーは、そんなにいいのか?」

「い、いいですっ、あひっ、もっと……もっと見てくださいっ」

「ド変態だな」

「はい……美咲は……美咲は変態です……ああっ」

侮蔑的な言葉を投げかけられても、辛くなくなっていた。それどころか言葉が魔指となって、熟しはじめた肉体を弄ってくれている。

少女の内側に潜んでいる被虐性が、頭を覗かせていた。

「ここをこんなに腫らして……まるでペニスのように膨れているぞ」

浦沢は、テラテラと光っている美咲のクリトリスを軽く数回押した。

「ヒーッ」

それだけで、美咲は派手な悲鳴を上げてしまう。少女の急所を心得た浦沢のタッチに、美咲は理性を剝がされた。

「もっと……もっと触って下さい……お願いします……」

「おや、オナニーを見せるだけでは飽き足らず、今度は私に触れろというのか。呆れた奴だな、美咲は」

浦沢は人指し指の第一関節までを、屈伏した少女の中に埋め込んだ。

「ああっ、うっ」

少女の肉体がわななく。たった少し指先を泳がされただけで、どこかに飛んでしまいそうなほどの快感が背筋に走った。

「もっと奥まで飲み込めそうだな」

浦沢はなんの予告もなく、人指し指のつけ根までを、少女の恥裂に埋め込んだ。

「いやあっ、ああっ、いいっ」

愉悦が少女の中心部を抉る。本能が、この挿入を待ち焦がれていた。

「火傷《やけど》しそうに熱いぞ」

浦沢は揉み込むように、媚肉を指でグニグニと押す。

「やあ……ああんっ」

中で指を動かされ、美咲の腰は自然と動いてしまう。淫らなフラダンスは続いた。

「すごいな……」

思わず、浦沢は呻く。

たった指一本を挿入しただけなのに、この圧迫感はなんなのだろう。

指から浦沢のすべてを喰らいつくそうとしているかのように、美咲の肉襞は男を摑んで離さない。あれだけの肉棒で犯されたはずなのに、この締めつけは驚異だった。

「ひっ、いっ、いっ、あうっ」

浦沢の手の動きに合わせて、美咲は悶えた。快感が、背中を駆け登ってくる。

「乱れすぎだ」

そう言いながら、浦沢はもう片方の手を少女のぷっくり突き出た肉蕾に添える。そして少女のエキスを使って、女性のペニスとも言うべき部分を扱きだした。

「ひうっ、あ、ああ……」

急所への攻撃に、美咲の肉体は過敏に反応する。新たな肉汁が赤い空洞の中から溢れだし、浦沢の指の出し入れをスムーズにした。

「やっ……ダメ……動かさないで……あうっ」

淫らな歓喜に腰が抜け落ちてしまいそうだった。含羞までもが、熱いフライパンの上に置かれたバターのように溶けだしてゆく。少女の恥肉は、悦びで震えていた。

「次から次へとジュースが溢れ出てくるぞ。おしっこを漏らしたみたいだ」

手に付いた透明な液体を見ながら、浦沢は美咲をからかう。そう言われても、美咲は自分の意思では溢れてくる温泉を止めることができない。このとろみある果汁は、生理反応で分泌されているのだから。

「恥ずかしい……」

しかしクネクネと蠢く美咲の腰は止まらなかった。

「もっと濡らせばいい」

浦沢は美咲の中で、じゃぶじゃぶと秘奥に滴るスープをかき回す。美咲の見開いた目がトロンとなった。

「あうっ、や、いやあっ……」

膣の中で魔物が淫らにうねっているようだった。美咲はその動きに、狂いに狂ってゆく。

(ああ……もっと……もっと……)

もっと奥へ、もっと深く入って来てほしい……指じゃ、足りない……。

美咲の胸に、得体の知れない飢餓感が押し迫る。それは少女を責め続け、爆発してしまいそうだった。

「そろそろ本気で、オナニーをしてもらおう」

浦沢は美咲から指を一気に引き抜くと、愛しそうに手についた液体を舌で舐め取る。

「ああ……」

私の体液を、あんなに美味しそうに舐めるなんて……まるで自分が舐められているような気がして、美咲はボーッと浦沢を眺める。

美咲は自分の下腹部に手を伸ばすと、指を抜かれて空洞になった秘肉に指を埋めた。

「ああんっ、あうっ……あっ」

正真正銘のオナニーの開始だった。美咲は恥ずかしげもなく自分を弄り、淫らな声を上げる。

「大胆すぎるんじゃないか、そのオナニーは」

「んっ、だって……」

言い訳を口ごもりながらも自慰を止めようとはしない美咲を横目に、浦沢はスーツを脱ぎ捨て裸になる。

立派なモノが起立した浦沢の姿に、美咲は見入った。

「あ……ああ……」

少女はその時、感じていた飢餓の正体を見極める。

(私……アレを欲しいと思ってる……)

納まるべき場所に男性が欲しい、逞しいモノが欲しいと、美咲の全身が泣き叫んでいた。

美咲はモノから目を逸らす。

自分からは、絶対に求める訳にはいかない。もし求めてしまえば……少女は、憎むべき相手と『同意』のセックスをしてしまうことになる。それだけは、なんとしても避けたい。

でも……。

「どうして目を逸らすんだ？」

浦沢は肉棒を掴むと、美咲の目の前で振ってみせる。美咲は、見つめたい誘惑と戦わなければならなかった。

「可愛い女だ、美咲」

経験豊富な浦沢にとって、美咲の考えなどすべてお見通しだった。

理性と自制に挟まれて欲望と綱引きをする少女の姿は、滑稽だが美しくもあると浦沢は観賞しながら思う。

股間の大砲が、また一段と漲った。

「仰向けに寝ろ。シックスナインをするぞ」

浦沢は美咲に命令する。

初めて聞く語彙《ごい》に、美咲は戸惑った。それはなにを表しているのか、見当もつかない。

もたつく美咲を待ちきれなかった浦沢は、少女を強引に机の上に寝かせる。そして美咲の上に、逆の形で覆いかぶさった。

「私のを舐めろ」

浦沢は槍を美咲の口許にあてると、自分は少女の裂け目に舌を埋め込む。

「ううんっ、ああっ」

変わった形でのクンニリングスに、美咲は目を剝く。いつもと違う部分に舌が当たり、美咲はよがった。

「あっ、あううっ、ヒイッ」

「一人で盛り上がってるんじゃない」

喘いで大きく開いた美咲の口に、浦沢は自分の肉棒を突っ込む。

「うぐうっぐっ……」

マックスに大きくなった鉄槌が喉を突いた。美咲は吐きそうになりながらも、口唇奉仕を開始する。

「これがシックスナインだ。この体勢だと、美咲のアソコがよく見える」

浦沢は丁寧に美咲の穴を攻めてゆく。クリトリスを吸い、鮑《あわび》の縁のように皺のよったラヴィアを唇でついばんでは膣の奥深くに舌を這わせる……美咲は数分もしないうちに、高みへと押し上げられていった。

「ん、んぐっ……や、やめてくださいい浦沢さん、私、変になっちゃう……」

「どう変になるのか楽しみだ」

浦沢の愛撫は止まらない。さっきよりも執拗に、美咲の部位を舐めあげた。

「はうっ、あっ、いい……」

美咲はフェラチオを忘れ、喘ぐのが精一杯だった。

浦沢もおしゃぶりを強要せず、一方的な愛撫を繰り返す。それは丁寧なクンニだった。花びらだけではなく、足のつけ根にキスを浴びせ、それから肉豆を舌先で転がす。

（も、もうだめ……あ、言っちゃう……ダメ、そんな事を言っては……ああっ）

美咲は自らの口を塞ぐために、浦沢への奉仕を再開する。だがすぐに唇を離すと、少し口を開いては閉じ、そしてまた浦沢を口に含んだ。

(もう……ダメ、ダメ、これ以上、我慢なんて出来ない……っ)

美咲は涎を垂らしながら、浦沢の剛直を口から外す。

「うら……浦沢さん……」

「んっ、ん、なんだ?」

愛撫を中断し、浦沢が聞き返す。

「お、お願いが……あ、あり、ます……」

「言ってみろ」

浦沢が先を促し、美咲は唾を飲み込む。この一言で自分が変わってしまう……美咲の中で最後の理性と、抑えきれない欲望が激しくぶつかり合っていた。

「あ、あの……」

「だから、なんだ?」

「い、入れて……ください……」

蚊の鳴くような声で、美咲は呟いた。

「なんだと?」

浦沢が眉毛を上げる。

「い、入れてください……浦沢さんのコレを……」

美咲は手でゆっくりと、愛しそうに浦沢の分身を扱いた。

とうとう言ってしまった……美咲は一瞬、後悔する。だが次の瞬間、巨人な快感への期待に、少女は身も心も燃え上がった。

「ほう」

浦沢はゆっくりと身を起こすと、正面を向いて美咲の上に覆いかぶさる。

「欲しい、のか」

「……はい……」

少女の顔は上気し、夢見るような瞳で浦沢を見ている。今、浦沢に貫かれるならば、美咲は悪魔にでも喜んで魂を売り渡すことができそうだった。

「犯してもらいたいのだな」

「はい……」

浦沢は皮肉な笑みを浮かべる。

「男なら、誰でもいいのか？」

「それは……」

浦沢が言わせたい言葉の先を悟った美咲は返答に詰まる。

誰でもいいと言えば、ただの淫乱な女へと堕とされる。だが浦沢だけと求める事は……この抜け出せない肉欲地獄に突き落とした本人に面と向かって身体を求める事は、美咲の最後のプライドを完全に捨て去ることを意味していた。

美咲は悩ましく淫らなジレンマに陥る。その間にも子宮からは、はちきれんばかりの欲望が湧き出していた。

「どうした、言えないのか？」

美咲の心情をすべて理解した上で、浦沢は美咲を追い詰める。美咲がどちらを選択するにせよ、貶めるには変わりない。

「自分の事なのに、判らないのか？」

浦沢は、限界に来ていた美咲の恥肉を指で開き、内側を悪戯する。太い指に貪られ、美咲の最後の理性は溶け落ちた。

「浦沢さんの……に……されたいんです……」

美咲はとうとう、最後の一線を越える言葉を口にする。

「聞こえないな」

すかさず、浦沢が聞き返す。耳に心地いい言葉を、何度も聞こうという算段だった。

「浦沢さんに……されたい、です……」

「何をだ？」

美咲は悲哀を帯びた吐息を吐いた。どれだけ恥をかかせれば、この男は気が済むのか。

「浦沢さんに……せ、セックス……されたいんです……」

少女は敗北感に、そして男は優越感に震えた。

「そうか」

とうとう、自分の口で言わせてやったぞ……美春で叶わなかった夢を実現させ、浦沢は身震いする。この瞬間はじめて、浦沢は美春の存在を忘れた。忘れて、美咲にのみに心を傾けた。

「ふふ、そうか」

浦沢は、先走り汁をしたたらせた分身を摑むと向かい合わせの姿勢になり、美咲の茂みへと先端をあてる。

「いいんだな？」

「………………」

肉欲に負けた自分に叩きのめされていた美咲は、頷きもしない。だが浦沢は、砲身をゆっくり割れ目に突き刺してゆく。

「あっ……あ……」

とうとう、私の切望していたモノが入って来る……美咲は目を閉じ、その瞬間を待つ。

……しかし、美咲の熱い中へは入って来ない。ただ肉棒は滑るように、美咲の秘陰の入口を擦るだけだった。

「あっ、えっ……？」

「お前にねだられたぐらいで、私が本当に挿入すると思ったか？」

浦沢は腰を動かすと、美咲の肉ビラを剛直で擦り続ける。

それは、『素股』に他ならなかった。

「今日はオナニーを教えると云った。だから本番はなしだ」

「あ……あ……」

誇りを捨てて懇願した結果が、このつれない言葉。

すべての権利、選択権をこの男に握られているのだと……美咲は今更ながらに思い知らされる。

「ううっ、あっうっ」

挿入には遠い疑似的な愉悦だったが、それでも美咲は昇り詰めてゆく。飢えた肉体は貪欲に浦沢の与える刺激を受け止め、そして簡単に反応した。

（いや……もうイヤっ）

胸の中で少女は叫ぶ。浦沢の奸計《かんけい》が、それでも求めてしまう自分の淫らな身体が、捨ててしまいたいほど憎らしかった。

「これもまた、気分が変わっていいだろう？」

シュッシュッと少女の恥肉を軽やかに擦り上げながら、浦沢が尋ねる。

美咲は答えず、代わりに涙を流していた。気持ち良くないと、大声で言ってやりたい。だが悔しいほどに、肉体は感じている。

「答えられないか」

浦沢は美咲の白い膨らみを手のひらで下から持ち上げると、先端の尖りを交互に吸う。敏感な乳首はふるふると震え、浦沢の唾液で光った。

「う……んんっ」

無意識のうちに美咲の脚が艶めかしく、浦沢の腰に絡みついた。美咲の体温を感じた浦沢の股間が、更に硬く成長する。

「うあ……いい、いいっ」

悲しみの中、美咲は鉄のような性器によって絶頂へと突き進む。もうどうにでもなれという捨て鉢な気持ちが、美咲を忘我の境地へと引き上げていった。

「イクぞ……く、イクっ」

浦沢の腰が狂ったように前後しはじめた。これでもかと身体を揺さぶると、奥にペニスを差し込み、机の上に白い飛沫を飛ばす。

「ああうっ……イヤあっ、イクッ」

赤い真珠を潰され、擦り続けられた美咲の肉体も弾ける。しかし挿入外の絶頂はどこか物足りず、中途半端に盛った肉欲は、いつまでも美咲の子宮内で燻《くすぶ》った。

「ああ……はう……」

足の間に挟んでいる浦沢を締めつけながら、美咲は色っぽい声を吐く。欲望を吐き終えた浦沢は、絶頂の余韻で朦朧としている美咲を抱きしめた。

「ううん……ん……」

三井によるバイブ責めとオナニーで疲労がピークに達していた少女は、甘い息を吐きながら昏々と眠りはじめる。もう、浦沢が軽く揺すったぐらいでは起きなかった。

浦沢は美咲を両手で抱き上げると、そっとソファーに寝かせ、桜色に染まった裸体の上に上着をかけてやる。

「……今は眠れ、美咲。だが後ほど、私の作った舞台で再び踊ってもらう」

美咲の髪を撫でた後、浦沢は携帯電話を取り出し、誰かに電話をかけはじめた。

「私だ。今から会社に来い……白い服を着てな」

浦沢が新たなる姦策を立てている横で、深く眠る少女の寝息は安らかだった。

第八章　汚れた記憶

美咲が目を覚ますと、辺りは薄い闇に包まれていた。

「私……」

美咲は何度か瞬きをして、目の焦点を合わせようとする。

ここはどこなのだろうと、ゆっくり首を動かすと、昼下がりの街が大きな窓に映っていた。

「そうだ、私……」

ここが浦沢の会社の社長室である事を思い出すと同時に、恥ずかしい行為のレクチャーを受けていたことも思い出した美咲は、顔を覆って赤面する。オナニーをさせられ、あげくの果てには浦沢に『欲しい』とねだった恥の記憶が、鮮明に脳裏に蘇った。

「おはよう美咲。よく眠っていたね」

突然、背後から声がして、美咲は飛び上がる。振り向けば浦沢が腕を組んで立っていた。

「浦沢……さん……」

美咲は上半身を起こす。そして自分が寝ていた場所が、ソファーの上だったことに気がついた。

「すみません……私、ずっと眠って……」

「気にすることはない。今からまた、オナニーショーを再開してもらうからな」

「……えっ？」

「当然だ。美咲は物覚えが悪いから、何度も体に叩き込んでやらないとな」

「そんな……」

美咲は自分の肩を抱く。あんな恥ずかしい事をまた浦沢の前でしなければいけないのか。

「さあ、始めろ」

浦沢の絶対的な命令が下る。美咲は唇を噛みしめた。従わなければ、また『昨日の男たちを呼ぶ』と脅されるのだろう。

「はい……」

美咲はソファーの上に足を広げると、恥肉へと指を運ぶ。さっきまで愛液に濡れていた恥毛は、乾いてカサついた束になっていた。そのゴワゴワとした手触りが、惨めな気持ちに拍車をかける。

「どうした、早く本気を出さないか」

浦沢は容赦なく言葉の鞭を振るう。しかたがなく、美咲は片手で乳輪をくすぐり、もう片方の手でフリルのような花弁を突っ付きはじめた。

「うん……ん……」

花弁の奥に眠る、赤いボタンに指が触れると、美咲の体が熱を持ちはじめる。あれだけ快楽に興じた筈なのに、少女の肉体は自分の指に反応し、涸《か》れない泉からは、じわりと聖水が滲んだ。

(ああ……いや……どうして……)

なんて卑しい身体をしているのだろう。それにこの尽きない性欲は、どこからくるのだろう……厳しい母の元で育てられ、自分は普通の女の子だったはずなのに……。

性的苛めを受けては濡らし、罵倒されては子宮が切なく疼く。悲しみは淫猥な悦びに変わり、狂喜は絶頂へと昇華する。

浦沢に出会ってから、美咲は自分の肉体に裏切られ続けているようだった。

(お母さん……ごめんなさい……)

美咲は心の中で母に謝る。だがその一方では、またもや肉欲の炎が少女を舐め尽くそうとしていた。

「いいぞ、その調子だ」

浦沢は薄ら笑いを浮かべながら、窓をカーテンで覆う。白の部屋は薄暗くなり、美咲の自慰は一層熱を帯びた。

「あ……ああうっ……」

両手の指が、いよいよせわしなく動きだす。何度もアクメを見た女体は、再び昇り詰めようとしていた。

「美咲、何をしているの」

鋭い声が、暗闇の部屋を引き裂いた。絶頂の光が見えていた少女は、一気に地面に叩き落とされる。

美咲は、黒目がちの瞳を限界まで見開いた。その声は、紛れもなく……。

「お……おか……お母さん……？」

幻聴などではなかった。ハッキリと鼓膜を震わせて、その声は美咲に届いた。

「何をしているの」

人影が美咲に近づいてきた。そのシルエットを美咲はよく知っている。間違いなく母、美春だった。

「お母さん……っ」

再会の喜びなど、微塵もなかった。脊髄を破壊しそうなほどの恐怖に包まれ、美咲は異様なまでにガタガタと震える。

「なにをしているの美咲、答えなさい」

母が再び問うと、美咲の身体は硬直した。

「ご、ごめんなさ……ごめんなさい、お母さん……っ、私、私……ごめんなさい……」

美咲は両手を口にあてると、震えながら謝る。声は掠《かす》れ、少女の目に涙が滲んだ。

「許さないわよ、美咲」

母親が、更に近づいてくる。美咲はソファーの上で、腰を抜かして動けない。

母が美咲の手を取った。母の姿が幻影でないと判ると、美咲は更に震えを増す。

「貴女という娘は……なんて汚らわしいの」

美春は美咲の肩を掴むと、ガクガクと揺すった。美咲はしゃくりあげ、号泣した。

「ごめ……ごめんなさい……ごめんなさい……」

「迫真の演技だな、千夏」

拍手をしながら、浦沢が女性を褒める。美咲に迫って怒り狂っていた女は、髪をかきあげると浦沢に体を向けた。

「ありがとうございます」

母だった女性は、笑った。

「……え」

美咲はまだ震えながら、母を見る。それは、白いドレスを着た千夏だった。

「あ……ああ……」

それでも、美咲の恐怖心は治まらない。唇を小刻みに震わせて、呆然と千夏を見る。

「姉さんにそっくりだったかしら？」

「ね、姉……さん……？」

千夏は、ウィッグを外して美咲に投げる。美咲のお腹の上に、髪の毛の束が落ちた。

「初めまして、というべきかしら。私は美春の妹、千夏よ。美咲さまにとって私は、叔母にあたるわね」

少女は、初日にこの女性を母と見間違った理由を知った。いないと言われていた親族との再会……しかしそれはあまりに急で、美咲はパニックになった。

「……でも、『叔母さん』なんて呼ばないでね。私はまだ若いんだから嫌よ」

「あ、あ……」

聞きたいことは幾らでもあった。けれども頭の中が雑然として、言葉に出ない。美咲は口を開けて、初めて会った親戚を見ていた。

「感動が深すぎて、声も出ないようだな」

浦沢は美咲の横に座る。

「美咲、どうして千夏がわざわざここへ来てくれたか、判るか？」

「…………」

動揺が尾を引いていた美咲は声を出せないまま、首を横に振る。

「美咲のトラウマを解消する為だ」

「トラ……ウマ？」

「そう。美咲は幼い頃、オナニー現場を母親に見つかってしまい、叱られた経験があるだろう」

「ど、どうして……」

少女の呼吸が止まった。

それは、心の奥底に隠していた記憶だった。恥ずかしくて、そして罪深い事を犯してしまった記憶。誰にも打ち明けたこともなく、また本人さえも忘れようとしていた記憶だった。

「いや……」

忌まわしい過去が美咲の頭で暴走する。

暑い夏の昼下がり、一人で留守番をしていた幼い美咲。それはなにかの偶然で見つけた

『遊び』だった。まだ毛も生えていない溝に指を忍ばせてくすぐれば、変な気持ちになれることを発見した幼女は、夢中になって指を動かしていた。

少しだが淫蜜が出ていたことも覚えている。そのぬるぬるが気持ち良くて、もっと奥を掻いた。大人顔負けの喘ぎ声も出していた。自分が出しているとは思えない声に、興奮も覚えていた。だが。

『なにを……しているの……』

帰って来た美春が娘の遊戯を見た瞬間、鬼の形相に変わった。持っていた買い物袋を床に落とすと、硬直している幼女の元へと大股で歩み寄る。『なんて汚らわしい娘なの』

美春は娘の手を取ると、幼い指の先についた粘液を見て蒼白になる。そして怯える美咲の頬を力任せに叩いた。『汚れてるわ。貴女の何もかもが汚れている』

壁まで飛んだ娘の胸ぐらを掴んで、美春は激しく揺すぶる。ごめんなさい、ごめんなさい……どんなに謝っても、母の怒りは鎮まらなかった。『汚らわしい女、私から生まれたなんて考えたくもない』

美春は美咲を膝の上にうつ伏せにして乗せると、スカートを捲った。そしてスモモのような小さなお尻に、平手を叩きつける。『女の貴女など生まれてこなければよかった。生まなければよかった』

幼女のお尻は腫れて、それを打つ母の手も腫れていた。それでも、美春は止めようとはしない。もはや恐怖としか呼べない体罰に、美咲は泣き叫ぶ。

ごめんなさい、もうしません、ごめんなさい……。

「……母に酷く叱られた美咲は、過剰なまでに自分の性欲に目を背ける事を強いられた。だが順調に発育してゆく肉体が、それを許す訳がない。抑圧された気持ちは、やがて歪み始める。母が行った折檻、つまり『罰』が、イコール『快感』と結びついてしまった……」

聖書を読み上げる牧師のような声で、浦沢は少女に語りかける。

「自分が罰される想像をしたとき、美咲は感じなかったか？　私に犯されたとき、男たちに輪姦されたとき、美咲は母に謝っていたね。あれは自分が『罰』を受けいれるという状況を自分の中で作りだし、より深い快楽を貪ろうとしていたのだろう？」

「やめてっ」

美咲は耳を塞ぎ、浦沢の言葉を遮る。

(そんなはずはない、そんな馬鹿なことを私はしていないっ)

だが胸を貫くこの痛みが、すべてを認めている。なにもかもが心の奥底で思い当たることばかりだった。

「さあ、私にだけ教えるんだ。美春は美咲に、どんな罰を与えた？」

浦沢は耳を押さえていた美咲の手を取ると、優しく問いかける。決して責めない浦沢の尋問は、美咲の口を柔らかくした。

「私……お母さんにお尻を叩かれて……痛くて……でも……止めてくれなくて……」

美咲は泣きながら、恥ずかしい過去を告白する。誰かに喋ってしまわないと、胸が爆発しそうだった。

「それで？」

「それで……ずっとずっと叩くの……汚らわしい娘だって……怒りながら……ずっと……」

浦沢の口端が、持ち上がる。

「そうか……よく教えてくれたね」

浦沢が褒めると、美咲は大声を上げて泣きはじめた。

離れた場所で千夏が、冷めた視線を二人に向ける。

「今から、その過去を洗い流してやろう」

「うう……う……」

少女の涙を唇で吸い取ると、浦沢は美咲の身体を持ち上げる。そしてソファーの背もたれ部分に美咲をうつ伏せに置いた。

「う……あ……」

尻を突き出して伏せる姿となった美咲は、不吉な予感に戦《おのの》く。

「今から、その時と同じ状況を美咲に与えてやる。そして、それを克服するんだ」

浦沢は手を振り上げると、美咲のまだ熟れきっていない桃のような尻に向かって振り下ろす。

「あぁっ⁉」

美咲の目が眩《くら》んだ。

「千夏、美咲を罵れ」

浦沢は顎で、千夏に命じる。千夏は二人に近づくと、声を張り上げはじめた。

「汚らわしい娘、恥ずかしい子」

次々と尻に打ちつけられる掌、母親の突き刺す言葉、百合の香り……これは、母に罰を受けた時の再現だった。

「もっと叩いてあげる」

千夏の言葉通り、浦沢は手を振り下ろす。身の詰まったスイカを叩くような音がして、美咲の身体が跳ねた。

「や、やめて……や、やっ、やだあっ」

だが浦沢は手を休めない。力をセーブしながらも、少女の尻を一定の間隔で打ちつける。

「あううっ、いやあっ、許してっ」

自分の中にいる幼い美咲が、泣き叫んでいるのが見える。美咲は母に謝りながらも、どこか恍惚とした表情を浮かべていた。

「ああう……許して……」

美咲の秘奥が、ツンと痛くなる。

「ごめんなさい……ごめんなさい、もうしません……ごめんなさい……」

美咲は何度も何度も、もういないはずの母に向かって謝る。

浦沢は突然、お仕置きする手を止めた。そして美咲の頬を両手で包み込むと、暗示をかけるかのように、低い声で囁く。

「許す。私が許すよ、美咲」

「ほんとう？　ほんとうに……？」

美咲は浦沢を見る。その目は焦点が合っておらず、少女が普通の状態でないことを表していた。

「本当だ。私が美咲を許す」

「許して……許してくれるの？」

「許す」

「ああ……」

美咲には、その囁きが慈悲に溢れている言葉に聞こえた。罪深い自分を救ってくれる、神の言葉にすら感じた。

「美咲……」

浦沢は美咲に口づける。美咲は、自分から浦沢の舌を吸い、唾液を飲んだ。

(許してくれる。この汚れた私を、許してくれる人がいる……)

刺《とげ》となって美咲を苛《さいな》んでいた『罪』が、溶けて流れだしてゆく。美咲は悦びで溢れていた。

「浦沢さん、浦沢さん……あっ」

美咲の顔が、絶頂を迎えた時と同じ表情となる。美咲の中心部から、なにか熱い液体が吹き出した。

美咲は、悦びのあまり失禁していた。

「美咲……」

浦沢は美咲をソファーから下ろすと、少女の全身を抱きしめる。高級なスーツに少女の排泄液が付いても、気にしなかった。

笑顔のまま心がフワフワしている美咲の顔にキスを浴びせながら、浦沢は怒張を服から取り出して美咲の足の間に埋め込む。

「あ……」

一気に浦沢が根元まで入ると、美咲の肉体が微かに痙攣した。

「美咲……美咲……」

浦沢は律動しながら、美咲の名前を呼び続ける。自分の仕掛けた罠の上で、華麗に舞ってくれる少女が愛しくてたまらない。

遮二無二動いて、美咲を何度でもエクスタシーへと導いてやりたかった。

「ああ……イク……イクッ、イクッ」

美咲は浦沢に抱きつくと、舌を出してイクを連呼する。

「あっ」

エクスタシーと共に、再び美咲は失禁した。

「美咲……っ」

白い露が出そうになるのを浦沢はグッと堪えると、ピクピクと蠢き絶頂の余韻に浸っている美咲の淫口に己を抽送する。

「あっ、ああっ、いやぁっ」

たった二、三度、鞘肉に襞を擦られただけなのに、美咲は立て続けに天に昇る。頭の中の線が切れて、美咲は気を失った。

「まだ……まだ、だ」

浦沢はぐったりと動かなくなった美咲の上半身を起こすと、自分の上に乗せて揺すぶる。まるで少女は乗馬器具にでも乗ったかのようにグネグネと動き、ようやく目を覚ます。

「や……私……まだ……」

頬を両手で挟みながらも、美咲は自ら腰を振る。欲深い恥肉は、何度絶頂を迎えても新たな刺激を欲しがっていた。浦沢は下から美咲の胸を両手で持ち上げると、指先で固いチェリーを摘み、齧る。

のけぞった美咲を、浦沢はズンズンと突き上げた。

「いい……いいの……溶けそう……」

連結部分を新しい淫汁で潤ませながら、美咲が本能のまま叫ぶ。見つめ合い、二人の結合は激しさを増した。

二人の交歓は、止まる事を知らなかった。

まるでセックスしか知らない生き物のように、交わり、そして精を吐いて気をやった。

「……馬っ鹿みたい」

とっくの昔に戦線離脱し、離れた場所に座っていた千夏は小声でそう言い捨てると、愛を交わす二人に背を向けて煙草をくわえる。普段の浦沢ならば使用人が煙草を取り出すと怒るのだが、今は少女に夢中でこっちを見ることすらしない。

ひょっとすると、自分がまだいることにも気づいていないのではないかと思うと、千夏は面白くなかった。

「ほんっと、馬鹿みたい」

煙草に火をつけ、千夏は最初の煙を吸う。そして鯨の潮吹きのように、天井に向かって口から紫煙を吐き出した。

「……フン」

千夏は机の上に飾られている美春の写真を倒す。そして姉の顔の上で、火のついた煙草を揉み消した。

第九章　欲望の炎

美咲は自分の部屋で、ベッドの上に横になっていた。

今日は浦沢がいない。

だから、淫らな交歓もない。ここの屋敷に来てから初めての静かな夏休みを過ごしていた。

窓の外に見える入道雲や遠くから聞こえてくる蟬の合唱に懐かしさすら覚える。ここへ来る前の暮らしが、もう何十年も昔の事に感じられた。

いつも洪水のような凌辱に晒され、何かを考える暇はなかった。だけども今は、考える時間がありすぎて逆に戸惑ってしまう。

「結局、お母さんは浦沢さんに何をしたのだろう……」

高い天井を見つめながら、美咲は呟いてみる。浦沢は『頰に傷をつけて、逃げた』と言っていた。だから復讐の為にこんなことをするのだとも。

だが、考えてみれば母との関係で知っているのはそれだけ。あとは何一つ聞かされていない。

「お母さん……どうして浦沢さんを傷つけたの？」

美咲は持ち歩いている家族の写真を取り出すと、母に向かって問いかける。大きな観覧車の前で四人並んで写っている家族写真は、答えを教えてくれる訳でもなかった。

社長室で見た、あの写真。なにもかもが白い部屋。綺麗に飾られた百合の花。白が大好きだった母。母が香水に使っていた、百合の香り。

（本当にお母さんを憎んでいるのなら……）

どうして母を思い起こさせる符号を、浦沢は身の回りに置いていたのか。

美咲には理解できない。あまりにも推理できる情報が少なすぎた。

「もう、悩むのはやめよう……」

考えても解決できない事をいつまでも考えて、気分を暗くしたくはない。少女は大きな溜め息をつくと、堂々巡りする思考を止めようとテレビをつけた。

「あ……」

美咲は思わず声を上げる。テレビの中には、真剣な顔をした浦沢が映っていた。『それでは、ウラサワグループの代表取締役でいらっしゃいます浦沢泰英さんに、お話を伺いたいと思います』

進行役を務める男性アナウンサーが浦沢に質問をし、浦沢はそれに対して丁重に答えている。浦沢の会社が大手薬品メーカーを買収したために行われているロングインタビューだった。『……将来的に福祉関連への事業を視野に入れています。そうなれば医薬品部門に、もっと力を注いでおく事は不可欠で……』

浦沢の声は、アナウンサーよりも低く通っていた。

こうして見ると浦沢の容姿は魅力的で、頬の傷すらアクセントに見える。とても、自分を容赦なく辱める悪魔とは思えない。

美咲は浦沢の姿に見入る。チャンネルを替えなければ、浦沢がいない時間を満喫しなければと思っても、美咲の視線はテレビに映る浦沢に集中していた。

「はあ……」

少女の口から、熱い溜め息が漏れる。あの指で、あの口で、あの舌で、私はいつも犯されている……そう思うと、身体が熱くなった。

(私ったらなにを考えているの?)

美咲は自分の反応に慌てる。ここにいない人間に向かって、変な気分になるなんて……。

けれども、秘部は激しい行為を勝手に思い出し、甘く痺れ始めている。それに触れてもいないのに、乳首までもが固くなっていた。

どんなに否定しても、少女の肉体は浦沢の映像に対して欲情していた。

「私は……もう……狂ってしまったのね……」

美咲はテレビに近づくと、冷たい画面に手を触れる。

身体の至る所が切なく疼いた。

あんな酷い事をされておきながら、それでも感じて浦沢を求めている。

（イヤ……なのに……）

肉体は浦沢を欲しがっている。テレビに映った浦沢に感じている。

「ああ……」

美咲はスカートの中に手を入れると、パンティーの中に指を忍ばせる。茂みの奥に眠る敏感な肉の丘は、ほかほかに茹《ゆだ》っていた。

「い……いい……あうっ」

無意識のうちに美咲は、浦沢に教わった自慰行為を行っていた。

美咲の頭の中で、母が怒ることはもうなかった。自分の心を縛る鎖が消え、欲望のたがが弛んだ美咲は、自らの扉を両手で開くと、その中の花びらを指の腹で擦った。

「あぁっ……あふう……」

少女はテレビ画面を見ながら、淫らな一人遊戯に耽る。端整な浦沢の顔が画面に浮かぶ度に、美咲の喘ぎは激しくなった。

「う、浦沢……さん……もっと……もっと私に……してください……」

胸の先の蕾を摘みながら、美咲は言葉に出して浦沢にねだる。

「私をもっと……あうっ、もっと気持ち良くしてぇ……」

トロリと蜜が溢れ、美咲の指とパンティーを熱く汚す。

恥ずかしい事を口走っている自覚はある。だが、恥ずかしいと思えば思うほど、快感は増してゆくのだ。少女のマゾヒズムが、露に濡れながらヒートアップした。

「浦沢さん、浦沢さん……」

美咲は勃起したクリトリスに触れ、突き抜ける愉悦に肉体を張る。

この部分を浦沢に吸われ、弄られると美咲はすぐに狂ってしまえたが、自分ではなかなか強烈な快感を得ることができない。

「あう……浦沢さん……して……して……」

美咲はねだりながら、女芯をグリグリと指で押した。ここに浦沢がいてくれればと想いながら……。

浦沢の視線が、美咲を捕らえる。美咲の肉体に、強い電流が走った。

「あうっ……い、イク、イク、美咲、イクゥッ」

美咲の背中が後ろに反り、ビクビクと震える。身体が軽くなり、脳天から魂が突き抜けてゆく感じがした。

「浦沢……さん……」

美咲はだらしなく口を開けて、眠そうな目を天井に向ける。独り遊びの果ての絶頂は、虚しさと罪の意識で混沌としていた。

「美咲、なにをしているの」

突然、扉が開いた。

「ちっ、千夏さんっ」

入ってきたのは、白の服に身を包んだ千夏だった。

「ふふ、流石にもう騙されないわね」

千夏は意地悪な笑みを浮かべた。

はだけたスカートを慌てて整えると、美咲は立ち上がり無粋な来訪者を睨む。だが千夏は平気な顔でズカズカと部屋に入り、ベッドに腰を降ろした。

「今更恥ずかしがることないでしょう。昨日は浦沢とハメてる所、見せてもらったのだから。昨日だけじゃなく、屋敷でヤッてるときはいつも見学させてもらっていたのだけれど。あ、煙草吸わせてもらうわね」

千夏は、ポケットからケースを取り出すと中から一本抜き取り、咥えて火を付けた。

美咲はなにもできず、ただ立ち尽くして千夏を見る。早く、この女性が部屋から出て行ってくれることを願った。

「浦沢は煙草を吸う女が嫌いで、なかなか吸えないの。だからいない時ぐらいはって、沢山吸ってるのよ」

紫煙を吐き出しながら、千夏は言う。美咲はなんと答えればよいのか判断できず、黙っていた。

「それにしても……嫌な顔をしているわ」

千夏は美咲に煙を吹き掛けながら言った。美咲は軽く顔を顰めると、煙の届かない場所まで下がる。

堂々と文句を言えるほど、美咲は気の強い少女ではなかった。

「本当に美春の若い頃にそっくり。生き写しのようよ」

千夏はベッドの縁にある小さな机で煙草の火をもみ消すと、もう一本新しい煙草を咥える。

そして美咲に向かって、もう一度煙を吹き掛けた。

「は、母と浦沢さんの事を、聞かせてくれませんか？」

　煙草の匂いを我慢しながらも、美咲は千夏の横に座る。どうしても、浦沢と母の関係について知りたかった。

「浦沢から、聞いてないの？」

　千夏は足を組むと、深く煙を吸い込む。そして鼻から、白い煙を吐き出した。

「はい。母が、浦沢さんを傷つけて逃げたとしか……聞いていません……」

「そうなの。じゃあなにも知らないのね」

　千夏は煙草をもみ消す。そして、もったいぶった口調で言った。

「いいわよ、話してあげる。どこから話しましょうか……そうね、姉さんが浦沢と婚約していたことは知っているかしら？」

「い、いいえ」

　美咲にとって、新たな真実だった。驚く美咲に対し、千夏は『小事』であるかのようにつまらなそうに話してゆく。

「婚約していたのよ、姉さんと浦沢は。それで結婚式の一週間前、早く家のしきたりに慣れて欲しいからと浦沢家の強い希望で姉さんはこの屋敷に呼ばれたの」

　煙草を口にすると、千夏はライターを点火する。煙草の先が赤くなり、チリチリと紙の焼ける音が聞こえた。

「でも『しきたりに慣れて欲しい』なんて嘘。婚前に姉さんを調教したい浦沢が作った口実だったの。姉さんは色々なことを浦沢にされたらしいわ……だけども極度の潔癖性だった姉さんは調教に耐えきれず、浦沢家から逃亡。ボロボロのシーツに身を包み、裸足《はだし》で家に帰って来たの」

「そんな……」

美咲は口に手をあて、絶句する。浦沢の調教……母もまた、鎖で繋がれたり、集団で犯されたり、浣腸され強制排便をしたのだろうか……そんな母を思うと、美咲はいたたまれなくなった。

「それで……母はどうなったのですか?」

「狂乱状態だった姉は、浦沢グループの息がかかっていない遠くの病院に入れられたの。浦沢の性癖に問題があるという噂を知りながら嫁に出してしまった事を後悔した両親は、浦沢に姉さんの居場所を聞かれても口を割らなかったわ。自分の会社を潰されて、酷い目にあっても絶対に。姉さんと言えば、病院で知り合ったカウンセラーの男と結婚して、何処かに行ってしまったわ。それからの事は、私は知らない」

「母が……可哀相です……」

すべて聞き終わった美咲は、涙を浮かべて呟く。しかし千夏は仏頂面で反論した。

「たかだかハードセックスを強いられたぐらいで浦沢の財産を逃した姉さんの方が変だわ。それに私たち家族の方が可哀相よ」

髪を指で弄びながら言い放つ千夏に、美咲は怒りが湧いた。

「千夏さんは腹が立たないのですか？　姉が酷い目にあわされて……」

「いいえ、全然。好きなだけ贅沢ができるこの生活を手放すなんて、信じられないわ」

「そんな……」

「私は自分から志願して、ココに来たわ……だけど時々身体を提供するメイドにしかなれなかった」

千夏は煙草を取り出すと、咥えて火を付ける。そしてイライラしながら煙を吹いた。

「どんなプレイにも耐えてみせる自信があるのに、浦沢は私を妻にしなかった。だけど浦沢が私を抱くのは、姉さんの面影があるからよ。決して私を見て抱きはしない……こんな屈辱的なことが許されていいの？」

千夏は歯ぎしりし、唸るように呟く。

「全部、姉さんのせいよ」

まだ長い煙草をもみ消すと、千夏は美咲に顔を近づけた。

「姉さんが素直に結婚していればよかったのよ。そうすれば私たちは幸せになれたのに。姉さんが逃げたせいで両親は巨額の借金を背負わされ自殺、私は偽物呼ばわりされながらのダッチワイフ生活……すべて姉さんが原因じゃないの」

「………」

美咲は息を飲む。千夏の目は血走り、どこか狂気を孕《はら》んでいた。

千夏の骨ばった手が、美咲の腕を摑む。赤く鋭い爪が、美咲の腕に食い込んだ。

「ち、千夏さん……？」

「復讐したかったわ……私に泥を飲ませた姉さんに。でももう姉さんはいない。復讐する相手は……いなくなった姉の代わりになるのは、娘の美咲ちゃんだけなの」

千夏は手を振り上げると、美咲の頰を打つ。少女の白い頰は瞬時に赤く腫れ上がった。

「うっ……」

「こうやって、姉さんを殴りたいと思っていたのよね……うふふ」

美咲は打たれた頰を手で押さえ、千夏から離れようとする。だが千夏は手放さない。ブツブツとなにかを呟きながら、美咲を下からの目線で見ていた。

「は、放して……いやっ」

女の手を振りほどき、美咲は扉へと駆け寄る。だがドアノブに手が届く前に、千夏の手は美咲の髪を摑んだ。

「痛いっ」

「逃さないわよ……」

千夏は美咲の髪を引き、自分へと引き寄せる。髪はブチブチと嫌な音をたてて何本かがぬけた。美咲は、頭を押さえて顔を歪める。

「い、痛い……いや……」

「こんなものじゃ済ませないわ。私の青春も、捨ててきたプライドも、もう取り戻せないんだもの」

千夏は美咲を、ベッドの上へとなぎ倒す。そして少女の両手を、持参したガムテープで後ろ手に縛った。

「なっ、なにをする気ですか、やめてくださいっ」

「うるさいわね」

忌ま忌ましそうに呟くと、千夏は美咲の口の中にハンカチを押し込んだ。

「うぐっ」

「黙ってて。でないと、姉さんを虐げている気分になれないじゃない」

「ヴぐぐっ、ぐっ」

手だけでなく、口までも自由を奪われた美咲は、芋虫のようにもがいた。ベッドの上で暴れているうちに、スカートがめくれ白い太股が現れる。

千夏は冷たい手を、若い肌に這わせる。瞳は、底無し沼のように濁っていた。

「ああ、綺麗な肌……私もそんな時期があったわ。でも姉しか見ない男に差し出してしまった。どうしても私を見ない男にっ」

千夏が、美咲の太股に爪を立てた。鋭い痛みが走り、美咲は絶叫する。しかし口にねじこまれたハンカチが、悲鳴をくぐもった音に変えていた。

「……いけないいけない。あんまり派手に傷つけたら、浦沢が帰って来たときにバレちゃうじゃないの」

苦痛を訴える美咲を見た千夏は、少しだけ冷静さを取り戻す。しかし口調には、どこか不安定さが残っていた。

「今日は美咲ちゃんにね、面白い物を試してあげようと思っていたの」

フフフと笑いながら、千夏は自分のスカートをたくし上げた。スカートの下を見た美咲は目を見張る。不自然なほどに、千夏の股間が盛り上がっていた。それは、勃起した男性性器を持っているかのような膨らみだった。

「一度、女を犯してみたかったのよ。浦沢がやってることを、私もしてみたかったの」

千夏は、穿《は》いていた下着を降ろす。

　すると中からバネ仕掛けのおもちゃのように、赤黒い棒が飛び出て揺れた。

「ううう、うっ」

「ふふ、ビックリした？　もちろん本物じゃないわよ。これはね、ペニスバンドって言うらしいの。女性の股間にオチンチンを生やす道具で、浦沢のコレクションから失敬してきたわ」

　千夏はそう言いながら、自分の股間から飛び出した疑似性器を扱いてみせる。それは本物によく似た形状をしていて、千夏が摑んで振り回すと、プルプルと矛先が震えてた。

「これで、無茶苦茶にしてあげる……」

　千夏は美咲のスカートを上まで引き上げる。そして形ばかりの前戯として、美咲の中心部をパンティーの上から擦った。

「ううっ、うっ、ううう、うっ」（やめて、触らないで）

　美咲は足をぴったりと閉じたが、無理にまた広げさせられた。

「さっきのオナニーはよっぽど気持ちがよかったのね、下着がエッチなお汁でベチョベチョに濡れてるわ」

　そう言って千夏は美咲を嘲笑する。美咲は唸って抵抗するが、千夏は意に介さず少女の濡れた筋を指で辿り続けた。

「うふふ、姉さんもこれだけ淫らな女だったら、苦労しなかったでしょうね」

美咲のパンティーをスルリと脱がせると、千夏は疑似性器を濡れた秘部にあてる。そして醜く顔を歪めて笑うと、ズルリと先端を少女に埋め込んだ。

「ヴーっ」

口に押し込められた布栓で塞《せ》き止められ、美咲の声は低い雑音にしかならなかった。奥まで既に潤滑液を分泌していた少女の膣は、簡単に深く棍棒を飲み込む。

「凄い……本物じゃなくても、中がキツいことが股間から伝わってくるわ。だから浦沢が夢中になるのね」

千夏は腰を落とすと、抽出運動を開始する。

「うぐ、うんんっ」

絶妙な角度で全体が湾曲している模倣ペニスは、先端が思いがけない部分に当たり、痛みを伴った。

美咲の見開いた目から、涙が頬を伝って流れ落ちる。唯一の血縁者である人間にまで、こうして犯されるなんて……。

「いい表情で泣くわね」

千夏は笑いながら全力で腰を打ちつけはじめる。その力強さが、千夏の姉に対する恨みの深さを物語っていた。

「ううんっ、ううう」

「ほらっ、ほらっ、もっと泣けっ、もっと苦しみなさいよっ」

美咲の額に大粒の汗が浮かんだ。シリコンのペニスに突かれて、苦悶の表情の美咲の眉間には、深いシワが作られている。

「もっともっと、いっぱいしてあげるわ」

千夏は美咲をひっくり返すと、今度は後ろから少女に挿入する。手を縛られ、自分の身体を肩だけで支える体勢となった美咲は、その苦しさに顔を紅潮させる。

「ううっ、うっ」

「やっぱり声を聞かせてよ、苦しそうな声をね」

千夏は美咲の口を閉ざしていたハンカチを抜き取る。たっぷりと唾液を含んだハンカチがシーツの上に落ち、美咲は激しく咳き込んだ。

「やめ……やめて、千夏さんっ」

「やめないわよ、ホラッ」

「ああっ、いやあああっ」

千夏は後ろから美咲の肩を掴むと、ズンと腰を突き立てる。さっきとは違う部分に槍が刺さり、美咲の口から嗚咽に似た悲鳴が吹き出した。

千夏は後ろから結合部分を眺めながら、目をつり上げる。美咲の粘膜はいっぱいにまで広がり、そのまま紅い肉を見せて内側から破れてしまいそうだった。

「壊れる……止めて……くださ……ああっ」

「いいわよ……壊れても」

千夏は足を踏ん張ると、ズンズンとピストンし始める。肉棒とは違い、嘘のペニスは容赦なく美咲の膣壁を削り取った。無機質な物に犯される感触は、生灼熱棒とは比べ物にならないほどの屈辱感と苦痛を美咲に与える。

「ああんっ、なにこれ、気持ちいい……」

千夏が淫らな声を出した。このペニスバンドには、装着している女性側にもクリトリスを刺激する小さな突起が付いている。そのため腰を振れば振るほど、千夏は自分の肉豆を自分の動きで苛めることになった。

「ああいいっ、いいじゃないのこれっ」

悦楽を求めて、千夏はゴリゴリと自分の朱核を擦り付けるように、美咲の膣路を抉ってゆく。

「うああうっ、ヒッ」

内壁を砕かれそうな柱に押され、少女は快楽なき痛みに全身で耐える。

……しかし、テレビに映る浦沢の姿が目に飛び込んできた瞬間、それは劇的な変化を遂げた。

(浦沢さん……)

経営持論を熱弁する浦沢の存在が、少女の子宮に熱を落とす。犯しているのが千夏ではなく、浦沢に挿入されていると思考が掏《す》り替わりはじめていた。

「あん……浦沢……さん……」

美咲は自ら腰を積極的に揺すりはじめる。

「あううんっ、いいわっ、いいわっ」

「やっ……あっ……」

千夏も美咲も、互いに腰をローリングさせながら互いを追い詰め合ってゆく。

(浦沢さん……もっと……もっと……っ)

美咲の頭の中では、後ろから獣のように浦沢に犯されていた。拳を噛みながら、美咲はテレビを見つめる。

アナウンサーの冗談にクスッと笑う浦沢。その笑顔を見た時、美咲はクライマックスを迎えた。

「ああっ」

「あーっ」

二人の女は、同時に断末魔の悲鳴を上げる。

美咲の身体から汗が飛び散り、シーツには透明なジュースが数滴落ちた。

「ふううん……ふっ……これ、なかなかいい道具ね」

千夏はすぐに我に返ると、美咲から疑似性器を引き抜く。シリコンでできたそれは、美咲の淫液を浴びてテラテラと光っていた。

「楽しかったわ、私の可愛い姪っ子ちゃん」

千夏が美咲の手を固めていたガムテープを切った。美咲はベッドの上にうつ伏せに倒れると、しっとりと濡れた背中を上下させながら呼吸を整える。身体にはジンジンと愉悦の余韻が響き、なかなか治まってくれそうになかった。

「そんな趣味はないけど、クセになりそうだわ」

千夏はペニスバンドを外す。内側に、ベットリと千夏の分泌した潤みが付着していた。

「ねえ、美咲ちゃん。私を楽しませてくれたお礼に、とっておきの情報を教えてあげましょうか」

千夏は美咲の背中の真ん中に走っている、縦の窪みに指を走らせる。

「うっ……やめてください……」

美咲は表を向くと、自分を守るようにシーツを身体に巻き付ける。

「美咲ちゃんも絶対に知っておいた方がいい情報。浦沢さんと姉さんに関係のある、とても重要な情報よ」

千夏は耳に髪を掛けると、意味深長な事を口にする。美咲はそっと、顔を上げた。

「やっぱり、興味はあるのね」

白いワンピースの女は、楽しそうに笑う。

美咲はムッとしながらも、素直に頷いた。

「興味あります……教えてください」

「うふふ、驚くわよ」

千夏はベッドから立ち上がると、腰に手をあててテレビに映る浦沢を見る。浦沢は、アナウンサーの質問に答えながら、身振りを交えて熱弁していた。

千夏は鼻で笑うと、美咲の方へ振り返る。

「よく聞いてね。姉さんを……いいえ、姉さんだけじゃなく、美咲ちゃんの家族を殺したのはね……浦沢よ」

「……え……」

蟬の声とテレビの音が、聞こえなくなった。

「あの火事は仕組まれたもの。美咲ちゃんの家族を殺したのは、浦沢」

美咲に向かって追い打ちを掛けるように、千夏は薄ら笑いを浮かべてもう一度言う。

美咲の世界が、暗転した。

「うそ……ですよ……ね……」

そう簡単に信じることなどできなかった。そんな事があっていいはずがない。いくら浦沢という人間が、権力と財力を保有していても、他人の命を絶つ権利はないはずだ。

千夏は信じようとしない美咲を見て、肩を竦める。

「浦沢はなんだってできる男よ、金があるからね」

「でっ、でも警察は……煙草の火の不始末が……火事の原因だって……」

「そんなもの。浦沢がちょっと動けば、事実なんていくらでも消すことができるわ。どこの機関にでも顔が利くんですもの。警察に至っては買収しちゃってるし」

浦沢が計り知れない力を持っていることは知っていた。けれども、まだ美咲には信じることができない。

「そんな……そんなこと……」

「疑うのは美咲ちゃんの勝手よ。でも覚えておいたほうがいいわ」

世界が、グルグルと高速で回っていた。そんな馬鹿なと思う反面、浦沢ならやるかもしれないという思いが交差する。

「以上がとっておきの情報よ。じゃあね」

「待って、待ってくださいっ」

扉を開けて去ろうとする千夏を呼び止める。

「なに、まだなにかあるの？」

面倒くさそうな顔をして、千夏が渋々振り返る。自分の欲求が満たされた千夏は、もう美咲への興味を失なっていた。

「もし……もしそれが本当だったら……千夏さんはお母さん……いいえ、お姉さんを殺されたと聞いて……ショックじゃないのですか？」

千夏は美咲を一瞥すると、鼻で笑った。

「別に。正直、せいせいしてるけど」

吐き捨てるようにそう言うと、千夏は部屋から出ていった。

一人になった美咲は、ベッドにへたり込む。

浦沢が家族を殺したこと、そして姉に対してあまりに希薄な千夏の態度。どちらも現実味に欠け過ぎていて、鏡の向こうの異世界を見ているような気分だった。

けれども。

「嘘……そんなの、嘘ですよね、浦沢さん……」

美咲はテレビに映る浦沢に手を当てる。しかし冷たい画面に触れるだけで、浦沢には手が届かない。

画面に頬を寄せると美咲は目を閉じ、浦沢の低く透った声に集中する。その声だけで、美咲の中心部は新たな愛液で滲みはじめた。

終章　蜜の鎖

……焦げ臭い匂いが周囲に立ち込めていた。

夏期講習から帰ってきた美咲は、不吉な予感を胸に人垣をかき分けて、その中心部へと進む。

「危ないから下がって、下がってくださいっ」

銀色の雨カッパのようなものにヘルメットを装着した男性が、押し寄せる野次馬を押し戻しながら怒鳴っている。美咲は身を乗り出し、男の横を覗き見た。

「…………っ」

美咲の黒目がちな瞳に映った光景は、自分の帰るべき場所が黒煙と大きな炎によって、灰になってゆく瞬間だった。

「お父さんっ、お母さんっ、和雄っ」

美咲は中へと飛び込もうとする。

「危ないですからっ」

消防隊員と近所の住民が、燃えている部屋へ向かおうとする美咲を慌てて止めた。

「家族は、家族は無事なんですかっ」

美咲は噛みつくように、止めた人間に尋ねる。だが皆の表情は暗く、誰もなにも答えなかった。

「……確認はこれからです。消火するまで、下がっていてください」

かろうじて答えた消防隊員によって、美咲は大衆の中に押し戻された。

「大丈夫よ、美咲ちゃん。きっとみんな、外出しているわよ」

顔見知りの主婦の慰めの言葉も、美咲の耳には入って来ない。

音を立てて崩れながら、想い出が燃えてゆく。生き物のように踊る炎と、何かが爆《は》ぜる音。

そして消防隊の怒声を、美咲は成す術もなく呆然と見つめていた。


「美咲さま、美咲さま」

身体を揺すられ、美咲は悪夢から目を覚ます。涙が、頬を伝って流れていた。

「あ……」

美咲は上半身を起こすと、指先で涙を拭う。横を見ると、秘書の三井が無表情で立っていた。

「三井……さん」

ギョッとした美咲は、急激に覚醒する。しかし三井は、まるで機械のような無機質さで、用件を告げた。

「お休みのところ、すみません。出掛ける用意をしていただけますか？」

美咲が時計を見ると、夕方の六時を回ったところだった。美咲は半分眠っている頭を軽く振る。千夏に襲われてから、浦沢の映る画面を見ながら自慰をし、そのまま眠ってしまったことを思い出した。

「何処へ……？」

「本社の社長室です。浦沢が仕事の予定を早めて帰って参りましたので、あちらで美咲さまにお会いしたいと申しております」

「……もう……戻られたのですか？」

「はい、浦沢が少々無理なスケジュールを組んで、仕事を終わらせました」

美咲の表情が固まる。『あの火事は故意に仕組まれたもの。美咲ちゃんの家族を殺したのは、浦沢』

千夏はそう言った。しかし美咲は千夏の言葉は嘘ではないかと、心のどこかで希望的観測に縋《すが》っている。

「それでは、玄関でお待ちしておりますのでお急ぎください」

三井は平坦な口調でそういうと、部屋から出てゆく。

(……行かなきゃ)

浦沢に会って、真相を確かめなければならない。

美咲は立ち上がると、顔を洗い、鏡に向かって丹念に髪を梳いた。烏の濡れ羽のような色をした黒髪は、櫛《くし》が走る度に艶やかな光を増す。服を着替え、美咲は大きな深呼吸をすると、玄関へと駆け足で向かった。

三井は美咲を車に乗せると、結構なスピードで走りだす。

美咲は外の景色を眺めながら、まだ千夏の放った言葉について考えていた。

(……三井さんに聞けば……なにか判るかしら)

隙のない化粧を施した秘書の横顔を、美咲は黙って見つめた。しかし、口に出す勇気が持てない。

正直、美咲は怯えていた。

やがて車はウラサワグループの本社ビルへと到着した。三井は地下の駐車場に車を止めると、美咲をエレベーターに乗せる。

「最上階に到着致しましたら、数回扉をノックしてください。それで中に入れますから」

「三井さんは……」

「今日は仕事が押していますので、私はこれで失礼します。最後までお供できずにすみません」

三井が数歩下がると、エレベーターの扉が閉まり美咲は一人になった。静かに上昇する室内で、美咲は自分の両肩を抱く。

真相を確かめようとここまできたものの、対峙《たいじ》の瞬間が怖い。

とうとう、エレベーターは最上階へと到着してしまった。美咲は短い廊下に降りると、一歩、また一歩と扉に近づいた。

(ああ……どうしよう……)

これまでも、浦沢に会うときは恐ろしさを感じていた。今日はどんな凌辱を受けるのかと考えては、恥を晒す自分に怯えていた。

だが、美咲が抱いているこの気持ちは、今までとは種類が違う。

美咲は扉の前で、立ち止まった。

(浦沢さん……)

躊躇《ためら》っていたが、やがて意を決する。美咲は拳を作ると、力強く扉を三度叩いた。

「入れ」

鍵の外れる音がして、中から浦沢の声がした。

「失礼します」

美咲はそっと扉を開けて、中へと入る。中では、浦沢がソファーに深々と座ってくつろいでいた。

「遅かったな」

「すみません」

「こっちに来い」

「はい」

美咲は浦沢に近づく。ネクタイを緩めて足を組んでいる浦沢に見惚《みと》れながら。

こうして改めて眺めてみると、浦沢はやはり素敵な男性だと美咲は思った。調教を受けている間は認識する暇もなかったが、浦沢の容姿はモデルのように完璧で均整が取れ、端整な顔だちをしている。

「どうした、今日はえらく素直じゃないか」

浦沢は美咲の手を摑んで引き寄せる。そして胸の中に抱くと、顔を上げさせてキスをした。

「ん……」

美咲の口腔に、浦沢の舌が入ってくる。少女は頬を染めながら、男の長い舌に自分の舌を積極的に絡めた。

ただこれだけの接吻で、美咲の下半身はムズムズとくすぐったくなる。少女は太股を擦り合わせながら、浦沢の情熱的なキスを受け止めた。

「たった半日会わなかっただけで、そんなに寂しかったのか？」

唇を離すと、浦沢は従順すぎる美咲に聞いた。美咲は恥じらいながら俯く。浦沢の姿を見て、その腕に抱かれたとき、自分のいるべき場所に戻ったような安心感を得たのは確かだった。

しかし、この安らぎに身を委ねる訳にはいかない。家族の死に浦沢が関与しているのか確かめなければならないのだから。

「浦沢さん……　つ、聞きたいことがあります」

「なんだ、改まって」

少女の口調に異変を感じ取った浦沢は、少し身体を離す。美咲は乱れていた呼吸を整えると、真っ直ぐに浦沢を見た。

ドクドクと、自分の鼓動がうるさい。耳の横に、心臓が移動したかのような騒音。

美咲は短く息を吐くと、とうとう浦沢に質問を投げかけた。

「私の家族を殺したのは……浦沢さんですか？」

簡潔で短い言葉。

しかしその中には、美咲の苦悩が滲み出ていた。

「…………」

浦沢は不意に窓に視線を移した。美咲も浦沢の視線を辿る。

窓の外では、太陽が地平線の彼方へと沈んでゆく所だった。赤い光が、この白い部屋を鮮血色に染め上げてゆく。

それは、魂を奪われるほど美しい光景だった。美咲は一瞬だけ自分を取り巻く状況を忘れて、落陽に魅入《みい》る。

「殺した、と言ったらどうする？」

突然、浦沢が口を開いた。

「……え？」

美咲は息を飲み、浦沢を見る。浦沢は暗い瞳で、消え行く光を見つめていた。

「殺したと言えば、美咲は私から逃げるか？」

「わ、私が聞いているのはそんなことではありません。家族を殺したのかと……」

「私から離れるのか？」

美咲の言葉を遮り、浦沢は強い口調で聞いた。

当然だと、すぐに美咲は言い返せない自分に困惑する。理由は判らないが、そう答えることに躊躇いを覚えた。

浦沢は窓から視線を外すと、美咲を見る。その目には、なにか覚悟のようなものが秘められていた。

「……美咲以外は消せと、指示を出したのは私だ」

混乱した美咲に、浦沢は追い打ちを掛けるように言った。美咲は首を振りながら立ち上がると二、三歩下がる。膝が、笑っていた。

「嘘……そんな……」

死人のように色をなくした美咲を、浦沢は黙って見つめる。夕日が沈み、部屋の中は街明かりでぼんやりと明るくなった。

「嘘……ですよね？」

「事実だ」

求めたのは自分だけを受け入れてくれる聖女、美春。他の男に脚を開いた女など消してしまえと、美春の居場所を突き止めたとき、浦沢は激情に任せて部下に命じてしまった。

「どうして……どうして私だけは……生かされたのです……」

美咲は呼吸を乱しながら問う。浦沢は指先で、縦に入った顔の傷を辿った。

「初めての調教のときに言っただろう。復讐のため、そして汚れていない昔の美春そのものの姿をしているお前なら、私のこの傷を癒すことができると思ったからだ」

「そんな……」

美咲は足元が崩れ落ちてゆくのを感じた。本当にそれだけの理由で、家族と永遠の決別を余儀なくされたというのか。自分一人だけが、埋められない孤独に苛まれなければならなかったのか。それだけの理由で……。

「許せない……」

美咲の胸に、抑えようのない怒りが吹き出す。目の前の仇を睨み、声を震わせた。

「許せない……許せない……家族を……私の家族を返してっ」

「許されようとは思っていない」

「当然よ、許せる罪なんかじゃ……」

「もう一度聞く。美咲は、私から離れたいのか？」

美咲は再度、言葉に詰まる。

……一度は秘書を利用して離れる決心をした。しかしその日以来、美咲は浦沢から逃げようとはしなかった。新たに逃げる手だてを考えようともしなかった。

それは何故かと美咲は自問しかけて、止める。考えるまでもなく、美咲はその答えを知っていた。

「……離れたい、か」

浦沢はなにも言わない美咲に悲しい笑顔を向ける。そしてソファーから立ち上がると、扉に向かって歩きはじめた。美咲は恐怖に陥る。

（浦沢さんが……行ってしまう……）

私を残して。この卑しい身体を持った私を残して。

「待って……待ってくださいっ」

美咲は駆け出し、手を伸ばすと浦沢の上着を掴む。浦沢は驚愕に目を見開き、美咲を振り返った。

「行かないで……私を一人に……しないでください……」

美咲は震えながら、浦沢に縋る。

「許せないのだろう？」

浦沢が聞いた。

「許せません」

美咲は即答する。

「許せません……許せないけど……でも……離れることが、できません……」

美咲は浦沢の前に回ると、膝をつく。そして浦沢の股間に、頰ずりした。

「離れるのが……イヤなんです……」

美咲が屋敷から逃げようとしなかったのは、逃げる意思がなかったから。浦沢の下で淫らに啼く自分を受け入れて、そして浦沢の存在を受け入れてしまったから。

「美咲……」

高貴な者を見るかのような眼差しで少女を瞳に映しながら、浦沢は首輪を取り出す。かつて美春をつなぎ止めることができなかった首輪を、美咲の首に巻いた。

美咲は浦沢のベルトを外し、ズボンを下ろすと、半立ちのソレを口に含む。汗の匂いがしたが、美咲は気にならなかった。

「ん……あむっ……」

舌を巧みに肉茎に絡ませ、指で裏筋や睾丸を愛撫すると、口の中でそれは肥大してゆく。

美咲は頰を窄め、滲み出た先走り汁を吸いながら、媚を顔のすべてに浮かべて浦沢を見上げた。

浦沢は美咲を股間から引き剝がす。美咲の唇と怒張の間に、透明な橋が掛かった。

「牝犬になり下がったお前を、世間に見てもらうがいい」

浦沢は美咲の手を引くと、窓辺へと連れてゆく。そして窓ガラスに向かって少女の肢体を押しつけた。

「あ……」

美咲は呻いた。ひやりと冷たいガラスに、美咲の乳首は反応して立ち上がる。浦沢は美咲の片足を上げると、前戯もなく後ろから突き上げた。

「んあああああっ」

既に蜜を湛えていた秘孔に肉棒が根元まで挿入されると、美咲の乳房がガラスに押し潰される。浦沢が動けば二つの大きなマシュマロは、更に形を崩して窓に張り付いた。

「恥ずかしい……外から私……見られる……」

眼下に広がる景色に、裸体を惜しげもなく曝した美咲は、身体を火照らせながら恥じらいを見せる。だが、浦沢は冷笑した。

「何が恥ずかしいだ、こんなに濡らしているくせに。見られたいのだろう?」

鉄槌の先を出し入れすると、ジャブジャブと豪快な水音が聞こえた。

「見られたいだなんて……」

「認めろ。見られて感じていると」

ズンッと、浦沢は女芯を抉る。美咲の太股から、透明な蜜が筋を作って流れた。

「感じて……います……見られて、すごく……」

恍惚の表情で、美咲は光の海となった街を見下ろす。見られたいと、美咲は思った。世界中の人間に、淫らに腰を振る浅ましい姿を見てもらい、そして蔑まれたい。

……だが最も見てもらいたい相手は他でもない母、美春だった。美春が今の美咲を見れば、どんな顔をするだろうか。『汚れた娘』『生まなければよかった』と、罵るだろうか。

しかし美咲は、今、その声を聞けば、もっと乱れることができそうな気がした。

「狂っているな」

「はい、美咲は……狂っています」

「もっと狂わせてやる」

後ろからのピストン運動が再開すると、美咲は尻を突き出し、もっととねだるように身体をうねらせる。

浦沢は美咲から抜き取ると、今度は紅肛に魔羅を刺した。膣孔にはぽっかりと穴が空き、代わりに菊座はいっぱいまで広がる。

「あぎゃあっ」

美咲はガラスに爪を立てる。少女の熱気で曇ったガラスに、四本の線が入った。

「ここの穴も濡れてるな。とうとうケツの穴まで簡単に濡らすようになったか」

「あああ……あぐっ」（感じる……お尻が感じてるっ）

腸壁がめくれ上がるほどの抽送に、美咲は髪を振り乱す。お尻の穴でも、膣と同じように感じている自分が不思議だった。

トロリと、前の秘裂から白い蜜が垂れる。一滴、また一滴とそれは落ち、床の上に小さな泉が生まれた。

「浦沢さん……」

美咲は上半身をひねると、自ら浦沢にキスをねだった。浦沢は夢中で、それに応じる。

浦沢は大砲を抜き取ると、美咲と向かい合わせになる。そして美咲を下から抱き上げると、駅弁のスタイルでぬかるんだ陰唇に分身を押し込んだ。

「いいっ、いいです……ああっ」

美咲は浦沢に抱きつくと、浦沢の躍動に酔う。突き上げられるたびに、薔薇色の快感が波となって、子宮を充血させた。

「イクぞ、美咲、お前も……うおおっ」

浦沢は吼えると、美咲の中に放出を始めた。生殖本能に従い、一番深い部分でスペルマを炸裂させる。

美咲の身体が浮いた。そして、急激に地面へと落ちてゆく感覚を味わった。

「ああっ、堕ちるっ」

美咲は上半身を反らすと、子宮にたっぷりと情愛のエキスを浴びながら、エクスタシーの大海へと身を投げ出す。

少女の顔や身体から、幼さが消えていた。大人の色香を纏い、美咲は男を惑わす女へと変貌を遂げていた。

（お母さん、見てる？　私、こんなに汚れたわ。女に生まれて、こんなに汚されたの。浦沢さんが、いっぱいいっぱいい汚してくれたのよ……）

心の中で母に話しかけながら、満ち足りた気分で美咲は深い深い眠りにつく。

「美咲……」

目を閉じた美咲を、浦沢は抱きしめる。そして、美咲の首に巻いていた黒い革の首輪を外し、ごみ箱へ向かって放り投げた。

縛るものは、もういらない。

二人の間には、他の誰にも見えない蜜の鎖が繋がったのだから。

手に入れた宝石をもう一度抱きしめてから、そっとソファーの上へと横たえさせ己を抜く。

机の上にあった美春の写真を伏せ、百合の花を握りつぶした浦沢の目には、涙が浮かんでいた。

本書は、幻冬舎アウトロー大賞選考会で特別賞を受賞した「母娘淫姦——蜜色の鎖」を加筆修正し、改題したものです。